फ़ास्ट ट्रैक

(उपन्यास)

नीलू सिन्हा

साहित्य प्रकाशन संस्था

प्रखर गूंज

दिल्ली -110089 , भारत

पहला संस्करण :2019

ISBN : 978-81-940938-1-7

प्रकाशक

प्रखर गूँज साहित्य प्रकाशन संस्था

एच - 3 /2 , सेक्टर -18 ,

रोहिणी, दिल्ली -110089

दूरभाष : 7982710571

पहला संस्करण :2019

मूल्य :225/-

शब्द संयोजन : नीलू सिन्हा

आवरण : दुर्गा प्रशाद

FAST TRACK

Novel by NEELU SINHA

Published by

PRAKHAR GOONJ PRAKASHAN

Delhi – 110089

E-mail : prakhargoonj@gmail.com

sinha.neelu123@gmail.com

(M) 7982710571, 7838000605

समर्पण

यह उपन्यास मैं अपने पति श्री सुरेंद्र सिन्हा, अपने माता पिता, भाई बंधू और अपने सम्पूर्ण परिवार को समर्पित करती हूँ जिनके प्रोत्साहन की वजह से ही मैं लेखन के क्षेत्र में आगे बढ़ने के लिए सदैव तत्पर हूँ।

नीलू सिन्हा

दो शब्द

मॉडर्निटी यानी आधुनिकता, क्या परिभाषा है इस " आधुनिक " शब्द की ? हम अंग्रेजी भाषा नहीं समझते तो लोग हमे अशिक्षित कह देते हैं , हम अपने पारम्परिक परिधान पसंद करते हैं तो लोग हमें पुरानी पीढ़ी कह देते हैं । आखिर " आधुनिकता " का अभिप्राय जीवन व्यवहार की किस प्रणाली से है ? समय के साथ चलना आवश्यक है इसलिए जरूरी है कि साथ साथ हम उस ज्ञान को बटोरते जाएँ जो "परिवर्तन" के साथ "समय" सृष्टि में बाँट रहा है। लेकिन यह ज्ञान है क्या ? समय के साथ साथ मनुष्य ने बहुत सी वस्तुओं की ईजाद की जो धीरे धीरे उसकी जरूरत बनते हुए उसके जीवन का अभिन्न अंग बन गयी । इसमें तकनीकी ज्ञान भी है तो व्यवहारिक ज्ञान भी । तकनीकी विकास हुआ तो भाषा का भी विकास हुआ। लोगों में जीने का, ओढ़ने पहनने का, खाने का सलीका आने लगा । समय के परिवर्तन ने हमे इतना कुछ सिखाया कि हम असभ्यता से सभ्यता में आ गए। फिर धीरे धीरे पता ही नहीं चला कि कब और कौन से पड़ाव पर हमारा सफर फिर उलट दिशा चलने लगा । आज हर कोई आधुनिकता की बात करता है। आधुनिकता के नाम पर बराबरी की बात करता है। स्त्री विमर्श की खूब चर्चा होती है। स्त्रियों के अधिकारों को लेकर मैं भी यकीनन जागरूक और समर्थक हूँ, शायद इसलिए भी कि मैं खुद भी एक स्त्री हूँ। लेकिन हर अधिकार नैतिकता के दायरे में बंधा हो तभी तो स्त्रियों का उत्थान संभव है।

आजकल लोग हर काम में शॉर्टकट ढूंढने लगे हैं, जीवन में उन्नति के रास्ते मगर ,सहज और सुलभ तरीकों से। और फिर हर शॉर्टकट को आधुनिकता से जोड़कर नैतिक करार देना कितना सरल लगता है।

क्या बेलगाम स्वतंत्रता और कम वस्त्रों में देह प्रदर्शन ही आधुनिकता का अभिप्राय है ? क्या आपको नहीं लगता कि आधुनिकता केवल तब तक सही दिशा दिखाती है जब तक वो आपके जीवन मूल्यों को साथ लेकर नैतिकता के दायरे में रहे। लेकिन हमारा मानस जीवन में सब कुछ इतनी जल्दी चाहता है कि धैर्यवान बने रहकर इन सूक्ष्म बातों को ग्रहण करने में अक्षम हो गया है।इस आधुनिकता को हम समझ ही नहीं पा रहे और नतीजन लोगों ने ऐसी ऐसी जीवन प्रणालियाँ अपना ली जिसके नतीजे न केवल उनके लिए खतरनाक सिद्ध हुए अपितु पूरे समाज और रिश्तों की परिभाषा को खतरे में डाल दिया।

मेरे उपन्यास "फ़ास्ट ट्रैक " की कथा अपने में कुछ ऐसे ही विचारों और घटनाओं को समेटे हुए है जिसको लेखिका के साथ साथ एक समीक्षक की तरह भी मैंने पाठकों के समक्ष प्रस्तुत करने की कोशिश की है। आशा है यह उपन्यास आपको पसंद आये और इस उपन्यास के माध्यम से जो सन्देश मैं समाज को देना चाहती हूँ वो उचित रूप में पहुंचे।

नीलू सिन्हा

फ़ास्ट ट्रैक

(उपन्यास)

1.

कहानियाँ कहीं ढूंढनी नहीं पड़ती। हमारे चारों और कतरों और किस्सों में कहानियाँ बिखरीं पडी हैं। जरूरत है तो बस एक नजर की जो इनका मर्म समझ सके और एक तजुर्बे की जो इन्हें शब्दों का रूप दे सके। जिंदगी अपने आप में एक कहानी ही तो है, कभी छोटी छोटी कहानियों का सफर तो कभी एक बहुत लम्बी कहानी......जीवन की पहली सांस से लेकर मौत की आखिरी सांस तक। कितने उतार चढ़ाव आते हैं इस कहानी में, ये हम सब जानते हैं क्योंकि हम सब 'जी' रहे और इन्हे महसूस कर रहे हैं। जीवन में सब अपनी अपनी प्राथमिकताएँ बनाते है। कोई ख्वाहिशों के लिए जीता है तो कोई नैतिकता और मूल्यों के लिए सारी उम्र संघर्षरत रहता है। कभी इच्छाएँ जीत जाती हैं मूल्यों से तो कभी जीवन मूल्य इच्छाओं को कदम कदम पर रौंदते रहते हैं। कुछ लोग यूं तो नैतिकताओं का गान करते रहते हैं लेकिन कभी कभी अपने मूल्यों से बेईमानी कर जीने की राह आसान करने की कोशिश करते हैं, तो कभी निहायत कट्टरपंथी बनकर जीने का असल सौंदर्य ही भूल जाते हैं।

यूं तो सबका अपना नजरिया और तरीका है जीने का, इसलिए किसी के भी जीवन में हस्तक्षेप करने वाले हम कौन होते हैं। हो सकता है जिसे हम निहायत अनैतिक करार देते हैं वो उनके लिए सहज और सामान्य जीवन प्रणाली हो और यह भी हो सकता है उनके निर्धारित

कर्मकांड हमारे लिए कभी भी स्वीकार्य न हों। बेहद उलझन भरा विषय है जिंदगी, अपनी अपनी ढपली और अपना अपना राग बजाते हुए लोग दुनिया में जीते हैं और अपने अपने दृष्टिकोण अनुसार जीवन की व्याख्या करते चले जाते हैं। और अंत किसने पहले से ही देखा कि सुखद होगा या दुखद, ये तो हमारे कर्मकांड पर ही निर्धारित होता चला जाता है कि अंत में क्या भोगना है हमे।

वैसे इस विषय में भी उलझन कम नहीं, अक्सर लोग कहते हैं कि फलाने व्यक्ति ने तो कभी कुछ गलत नहीं किया लेकिन देखो कितने दुःख भोग रहा है या फिर फलाना व्यक्ति तो जीवन भर पाप की सम्पूर्ण मूरत रहा है लेकिन देखो क्या ऐश का जीवन जिया उसने। ऐसे में हमारे पुनर्जन्म का अस्तित्व मानने वाले सामने प्रकट हो जाते है और पिछले अगले जन्मों के कर्मों की व्याख्या करने लगते है। तो सही और निश्चित रूप में कुछ भी कहना स्वयं को आलोचकों के समक्ष एक नए विषय के रूप में प्रस्तुत करने जैसा है जिससे बचने में ही कुछ भलाई महसूस होती है।

मुझे लग रहा है कुछ ज्यादा ही दर्शनवाद होता जा रहा है और विषय से भटकाव होने से पहले मैं पुनः अपने उपन्यास " फ़ास्ट ट्रैक " की और आती हूँ। कुछ ख्वाहिशे, प्रेम और नियमों को तोड़ती जोड़ती सी फितरत लिए चार प्रमुख पात्र जो कदम कदम पर जीने के लिए नए नियम बनाते हैं। इन्होने ने भी जीवन में कुछ सपने देखे, जीवन को भरपूर जीना चाहा। लेकिन अपने सपनो और ख्वाहिशों को पूरा करने के लिए क्या रास्ता चुना और अंततः किस परिणाम पर पहुंचे यह आपको कथा के प्रवाह के साथ पता चलेगा। इंसान का दिल और दिमाग कैसे परिस्थितियों में एक दूसरे पर हावी होने की कोशिश

करते हैं और कैसे इंसान अपने चुने हुए रास्तों के लिए खुद को ही दलीले देता हैं। खुद से की गयी ईमानदारियों और बेईमानियों का सिलसिला हैं यह उपन्यास।

तो आइये आपको उस कथा सागर में ले चलूँ जहाँ दो विभिन्न मानसिकताएं टकराती हैं। इनके टकराने से क्या क्या टूटता हैं और क्या नया पैदा होता हैं, आप खुद पढ़िए और फैसला कीजिये।

दो सहेलियाँ.... जो जिस्म दो मगर जान एक थीं। जिनकी दोस्ती के बीच न माता पिता थे और न भाई बहन। अपनी ही दुनिया में जीतीं, अपने ही नियमों पर चलती...जिंदगी को एक खेल की तरह जीती रहीं। उनका मानना था कि जो आज है सिर्फ वो जिंदगी है, न आने वाला कल और न गुजरा हुआ पल मायने रखता है। ख्वाहिशें और नजरिया तकरीबन एक जैसा तो फिर ऐसा क्या हुआ दोनों के बीच जो इनकी दोस्ती इनकी तबाही का सबब बनी ? इस रहस्य से तो उपन्यास की कथा का प्रवाह ही पर्दा उठाएगा ।

तन्नू और शूबी जिन्होंने बचपन साथ खेलते पढ़ते गुजारा, जवानी की दहलीज पर भी साथ साथ कदम रखा। जिनकी दोस्ती स्कूल से कॉलेज तक एक मिसाल थी। एक ही प्लेट में खाना, एक ही क्लास, एक ही बेंच, एक ही कॉलेज और तो और एक ही कोर्स में एडमिशन लिया। बस एक रात को न जाने कैसे अपने अपने घरों में सोती थीं। इनकी दोस्ती की वजह से इनके परिवारवालों के रिश्ते भी खासा अच्छे थे। जब कॉलेज में एडमिशन की बात आयी तो घर वालों ने बहुत समझाया कि उस कोर्स में दाखिला लो जहाँ तुम्हारा भविष्य बने। दोस्ती अपनी जगह है, बचपन से अब तक तुम हमेशा साथ रही लेकिन अब बड़ी हो गयी हो, कल को शादी भी होगी, हर जगह

तुम्हारा साथ होना अब मुमकिन नहीं। जिंदगी की वास्तविकता को समझ व्यवहारिक बनो।

इसपर तन्नू और शूबी हंसकर घरवालों को कह देती :-

"क्यों मुमकिन नहीं ? हम एक ही लड़के से शादी कर लेंगे तो फिर कैसे अलग होंगें ?

इसपर घर वाले यह सोचकर चुप रह जाते कि वक़्त सबसे बड़ा गुरु है ....धीरे धीरे अपने आप ही समझ आ जायेगा।

सबसे बेपरवाह और बेफिक्री का आँचल ओढ़े न जाने कौन से ख़्वाबों की दुनिया सजा रहीं थी दोनों सखियाँ। एक दूसरे में मशगूल जब दोनों साथ होती तो न भूख का बंधन और न प्यास का। कॉलेज जातीं तो पैदल ही बाते करते करते पहुँच जातीं। यह उम्र ही बेहद लापरवाह होती हैं। शरीर भले ही थक जाए पर दिमाग नहीं थकता। मुझे याद है जब स्कूल में थी तो कई बार घर तक की दस बारह किलोमीटर की दूरी स्कूल बस मिस कर दोनों बाते करती करती तकरीबन तीन घंटे में पूरी कर लेती थी। जब पहली बार इस तरह घर आई तो दोनों के घर वाले परेशान हो गए थे। समय पर घर न पहुंचे के कारण जब स्कूल में पूछ ताछ की गयी तो वहां भी न पता चला, फिर चौकीदार से पता चला कि स्कूल बस में तो वे चढ़ी ही नहीं। घर वाले बेहद घबराये हुए थे, कभी किसी सहेली से, तो कभी किसी सहेली से पता करते। इसी तरह जब तीन साढ़े तीन घंटे बीतने को हुए तो दोनों महारानियाँ एक दूसरे का हाथ थामे गली में घर की तरफ आती दिखीं। जहाँ माता पिता का गुस्सा सातवे आसमान पर था वहीं दूसरी और उन्होंने उन्हें सही सलामत देख राहत की सांस ली। दोनों की खूब डाँट पडी थी

उस दिन और साफ़ साफ़ कह दिया गया था कि आइंदा ऐसा दुबारा हुआ तो दोनों को घर बिठा दिया जाएगा और आपस में भी मिलने नहीं दिया जाएगा। काफी समय तक दोनों तीर की तरह सीधी चाल चलती रहीं लेकिन स्कूल से पास आऊट होते होते दो बार ऐसा फिर हुआ और दोनों बार बेचारे माँ बाप धमकी भर देकर रह जाते। अब दोनों ने ही दिल्ली विश्वविद्यालय के इंग्लिश ऑनर्स में दाखिला ले लिया था। जो आजादी स्कूल के दिनों में गाहे बगाहे जबरदस्ती लेनी की कोशिश की जाती वो आजादी अब बेहद सहज थी। स्कूल के अनुशासन से निकलकर जिंदगी को भरपूर जीने का जस्बा था तन्नू और शूबी में।

याद है मुझे जब कॉलेज का पहला दिन था, स्कूल यूनिफार्म की बोरियत दिनचर्या से निजात पा सब अपने को अप टू डेट दिखाने की स्पर्धा में फैशनेबुल कपड़ों में थे। एक दुसरे से परिचय हुआ, सीनियर्स ने हल्की फुल्की रैगिंग भी की। एक खुला माहौल सब के मन को गुदगुदा रहा था। अपने खास और खुले अंदाज के लिए शूबी और तन्नू क्लास में आकर्षण का केंद्र बनी हुई थी। ऐसे में लड़के कुछ ज्यादा ही मेहरबान हो रहे थे दोनों पर। खुद को बेहतर साबित करने के चक्कर में ये लड़के लड़कियों के इर्द गिर्द वैसे भी कुछ ज्यादा ही मंडरा रहे थे लेकिन तन्नू और शूबी की शोखी उन्हें कुछ ज्यादा ही आकर्षित कर रही थी। बहुत सी लड़कियाँ इन दोनों से इसी कारण जल रहीं थी और यह जलन स्वाभाविक भी थी।

दो चार दिन की मस्ती के बाद क्लासेज लगनी शुरू हो गयी। स्कूल की क्लासेज़ और कॉलेज की क्लासेज़ में बहुत फर्क था। प्रोफेसर्स और स्टूडेंट्स के बीच परिचय हुआ। कॉलेज के प्रोफेसर्स स्कूल के टीचर्स से बिलकुल अलग थे। खुले और खुश मिजाज। उनके लेक्चर्स

अटेंड करने में बड़ा मजा आता था। हंसी मजाक के बीच पढ़ाई करते करते कब समय निकल जाता पता ही नहीं चलता। खासकर प्रोफेसर त्रिपाठी, प्रोफेसर श्रृंगारी और प्रोफेसर अनुराग शर्मा की क्लास हम कभी मिस नहीं करते थे लेकिन इन सब से अलग एक प्रोफेसर थे, प्रोफेसर मिश्रा जो काफी सादगी पसंद और सीधे साधे थे। उनके सीधेपन का फायदा हम खूब उठाते थे। वो हमेशा अपनी क्लास में समय पर पहुँचते लेकिन हमे उनका इतना गंभीर होकर पढ़ाना नहीं भाता था। हमारी कोशिश रहती की पिछली क्लास के प्रोफेसर पांच मिनट पहले निकल जाएँ जिससे हम मिश्रा सर की क्लास शुरू होने से पहले ही क्लास से गायब हो जाएँ। और अक्सर ऐसा हो ही जाता था, लेकिन हममे से दो चार विद्यार्थी सही मायने में विद्यार्थी थे। वे ऐसे पढ़ाकू थे जो किसी भी क्लास को मिस करना अपना बहुत बड़ा नुकसान समझते थे, जिसका मुआवजा कभी कभी हमे भी भरना पड़ जाता। अब आप पूछेंगें कि वो कैसे ?

वो ऐसे कि इन सीधे साधे पढ़ाकू विद्यार्थियों को पढ़ाई के आलावा ये भी खबर होती थी कि जो क्लास से गायब हैं वो सब कौन से ठिकाने पर मिलेंगें, और मिश्रा सर हम मेधावी विद्यार्थियों को अपनी क्लास में ले जाने के लिए ढूंढते ढूंढते वहीँ पहुँच जाते.......... मतलब या तो कैंटीन या फिर कॉलेज बिल्डिंग के पीछे प्लेग्राउंड में कोने पर एक बड़े पेड़ के नीचे। मिश्रा सर को देखते ही कितने तो भागने में सफल हो जाते और कितनों को अपने शब्दों से शर्म का पानी पिलाते पिलाते सर क्लास में ले जाने में सफल हो जाते और इसी भागम भाग में आधा पीरियड यूँ ही निकल जाता और आधे में पढ़ाई के साथ साथ हम नसीहतों के पाठ भी पढ़ते रहते। लेकिन पूरे तीन साल न तो मिश्रा सर बदलें और न ही हम।

कॉलेज के खुले और आजाद माहौल में ऐसा लगता जैसे आसमाँ में उड़ने को हमे पंख मिल गए।

वो गाना था न एक ..." जिंदगी................ आ रहा.................... हूँ मैं............"।

अपने हम उम्र लड़के लड़कियों पर तो क्रश होता ही था लेकिन कभी कभी प्रोफेसर्स पर भी दिल आ जाता था। इसपर भूले से अगर कोई स्मार्ट प्रोफेसर हमारी तारीफ़ कर दे तो बस क्या कहना, फिर तो लगता था कि बस यही तो है मेरा प्यार। प्रोफेसर श्रृंगारी बहुत ही आकर्षक और आधुनिका थीं। उनकी क्लास कोई भी लड़का मिस नहीं करता था, चाहे कुछ समझ आये या न आये लेकिन बार बार सवाल पूछकर उनसे बात करने के बहाने ढूंढते रहते थे। किसी तरह से उनका फ़ोन नंबर लेने की फिराक में रहते। प्रोफेसर श्रृंगारी सब जानती थी लेकिन उन्होंने कभी किसी पर सख्ती नहीं की, या तो वे कॉलेज के खुले व्यवहार के खुलेपन को स्वीकारतीं थी या फिर उन्हें भी अपनी ऐसी प्रशंसा भाती थी। कहते हैं न, अपनी प्रशंसा सुनने में आनन्द की अनुभूति एक ख़ास प्रकार का रस है जिसमे मनुष्य उम्र और लिंग की बाधा को नहीं मानता। यही हाल लड़कियों का था, स्मार्ट और अप टू डेट प्रोफेसर्स पर बड़ी जल्दी दिल आ जाता।

कॉलेज का पहला सत्र बीतने को था इसलिए एनुअल फंक्शन की तैयारियों में स्टूडेंट्स व्यस्त थे। शूबी और तन्नू ने भी ड्यूल डांस में भाग लिया था जिसमे शूबी का साथी उससे एक साल सीनियर कुंवर था और तन्नू का उसी की क्लास का विनय था। इस डांस की प्रैक्टिस के दौरान दोनों की नजदीकियां इन लड़कों से बढ़ गयी और फिर कॉलेज के बाद भी ये अक्सर साथ दिखते। इनकी जोड़ियों ने एनुअल

फंक्शन में काफी हंगामा किया था और तभी से कुंवर और विनय में भी दोस्ती हो गयी। अब क्या था या तो क्लास या फिर कॉलेज कैंपस, चारों अक्सर साथ होते। आशिकी और दोस्ती पूरे शबाब पर थी ।

सत्र बीतने के साथ ही नए दाखिलों की शुरुआत होने लगती है। हम कॉलेज के दूसरे वर्ष में आ गए और प्रथम वर्ष में आये फ्रेशर्स के स्वागत के लिए कॉलेज में वेलकम पार्टी भी करनी थी। डिसकशन्स शुरू हो गए , सब लड़कियों ने डिसाइड किया की फ्रेशर्स पार्टी में सभी लड़कियाँ साड़ी पहन कर आएँगी और लड़के सारे कोर्ट पेंट। स्नैक्स और कोल्ड ड्रिंक्स का मेनू तैयार किया गया। कुछ ने कहा फूलों का भी इंतजाम करना पड़ेगा, सजावट और स्वागत में काम आयेंगें। फिर पैसे इकट्ठे करने की बारी आयी, सब ने पांच पांच सौ रुपये जमा किये। एक ने सजावट की जिम्मेवारी ली और दूसरे ने खाने पीनी के सामान लाने की। तीसरे को डिस्पोजेबल बर्तन और नेपकिन्स लाने को कहा गया और फिर शुरू हो गयी तैयारियाँ।

फ्रेशर्स पार्टी का दिन आया, शूबी चटकीली काली प्रिंटेड साड़ी में काफी ग्लैमरस लग रही थी। अपनी नजाकत और कातिलाना अंदाज से अपने जूनियर्स का भी दिल चुरा रही थी। शूबी में एक ख़ास बात यह थी कि प्यार वो चाहे कुंवर से करती थी लेकिन औरों से फ़्लर्ट करने में उसे कोई परहेज नहीं था। उसका मानना था कि जिंदगी को बिंदास तरीके से जितना जी सकते हो,तो जियो और उसपर कुंवर की अत्याधुनिक खुली सोच को भी उसके इस खुलेपन से कोई एतराज नहीं था। शायद जिस संस्कृति से कुंवर ताल्लुक रखता था वहां ये सब आम था। तन्नू ने हल्की सुनहरी साड़ी मुमताज स्टाइल में पहनी थी और वाकई नयी नयी खिली कलियाँ अपनी ही सुंदरता से

मोहित हुए जा रही थी। विनय और तन्नू तो फ्रेशर्स पार्टी के बीच में ही न जाने कहाँ गायब हो गए। शायद अपनी पार्टी अलग ही मानाने के मूड में थे। पार्टी में सबने बहुत मस्ती की, नाच गाना और खूब हंगामा किया और आखिर में फ्रेशर्स को उपहार देकर और हल्की फुल्की रैगिंग के साथ उनका कॉलेज में स्वागत हुआ।

बहुत ही खास रहा यह दिन, तन्नू - विनय और शूबी - कुंवर की नजदीकियां प्रेम की सारी हदें पार कर गयीं। एक दूसरे में समा जाने का यह पहला अनुभव इनको भावनात्मक रूप से और करीब ले आया था। दोनों सखियाँ अब जब भी साथ होती तो सारा समय अपने अनुभव और प्रेम के किस्से एक दूसरे को सुनाती रहतीं। इन दोनों की बाते सुनकर लगता था की ये दोनों सुनने की अपेक्षा सुनाने में ज्यादा मशगूल हैं। दोनों के कानों की तुलना में होंठ ही अधिक व्यस्त दिखते। उनके तन और मन पूरी तरह से खिल गए थे। प्यार की गुलाबी आभा दोनों के चेहरे पर खिलकर उभरी थी। इस उम्र में ऐसी नादानियाँ कोई नयी बात नहीं होती लेकिन साथ ही शिक्षा और करियर की राह भी आसान रहे इसके लिए कठिन परिश्रम भी तो जरूरी था।

कॉलेज के दूसरे सत्र की शुरुआत हो चुकी थी , मस्ती के साथ पढ़ाई भी जरूरी थी क्यूँकी भविष्य के लिए राह जो चुननी थी। लेकिन कमसिन उम्र का प्यार था कि बार बार जिंदगी को राह से भटका रहा था। सारा साल कभी फ्रेंडशिप डे , कभी रोज डे तो कभी वैलेंटाइन डे जैसी चीजों में निकल रहा था। लडकियां न सही लेकिन लड़कों को जीवन यापन का रास्ता भी तो ढूंढना था, खाली प्रेम से पेट तो नहीं भर सकता था । कुंवर तो रईस घराने का लड़का था, सो

उसने कॉलेज के बाद अपना खानदानी बिज़नेस ही संभालने का निर्णय लिया लेकिन विनय को तो अपनी राह खुद ही चुननी थी इसलिए उसने कॉलेज के साथ साथ प्रोफेशनल कोर्स में दाखिला ले लिया था। जिससे कॉलेज के बाद उसे नौकरी मिलने में आसानी हो।

काम की व्यस्तता के चलते अब पहले की तरह इनका मिलना उतना जल्दी नहीं हो पाता था और तन्नू और शूबी के लिए भी तो भविष्य में कुछ योजनाएं थीं। इसलिए दोनों ने ही साथ में कंप्यूटर कोर्स शुरू कर लिया जिससे उनको ग्रेजुएशन के बाद किसी मल्टीनेशनल कंपनी में अच्छी नौकरी मिल जाए।

महत्वाकांक्षी तो दोनों थीं ही इसलिए ग्रेजुएशन ख़त्म होते होते दोनों ने ही इस पार्ट टाइम कोर्स के जरिये मल्टीनेशनल कम्पनीज में नौकरी हांसिल कर ली । अब राहें धीरे धीरे अलग होने लगीं थीं। जीवन जो है , हमेशा एक जैसा तो चल नहीं सकता। बहुत सोचा था कि दोनों को एक ही जगह नौकरी मिल जाए लेकिन यह सोचने जितना आसान थोड़े ही था। और फिर अब साल दर साल उम्र बढ़ने के साथ "सोच" भी तो व्यस्क हो रही थी जिसके परिणामस्वरूप प्राथमिकताएं भी बदल रहीं थीं। तो जाहिर था कि हर समय साथ रहने का वो बचपन का जुनून भी धीरे धीरे उतर रहा था। फिर जब दिल देने की बात थी तो दोनों की पसंद जुदा हो गयी और वो जो एक तकिया कलाम हुआ करता था कि "शादी भी एक ही लड़के से कर लेंगे" वो महज एक बचपना नजर आने लगा। और अब तो नौकरी की बात थी तो कैसे दिन रात का साथ निभता। वो जो बचपना था हर समय साथ रहने का वो कुछ कुछ टूटने लगा था लेकिन दोनों के प्यार में अभी भी कोई कमी नहीं आयी थी।

लड़कों ने अपने जीवन की राह पकड़ ली थी, विनय भी एक इलेक्ट्रिकल कंपनी में मैनेजर लग गया था और कुंवर ने अपने बाप दादाओं का बिज़नेस संभाला। तन्नू और शूबी भी मल्टीनेशनल कम्पनीज की ग्लैमरस नौकरियों में व्यस्त हो गयी। आर्थिक स्वतंत्रता ने इनके व्यक्तित्व और आत्मविश्वास को बखूबी निखार दिया था। अब इन्हे बहुत कम समय मिलता एकदूसरे से मिलने का, जो ऑफिस के बाद थोड़ा बहुत मिल जाता तो वो समय विनय और कुंवर के नाम लिखा जाता। समय के चलते प्यार दोस्ती पर कुछ कुछ भारी होने लगा था। जिंदगी खुद ही सोच की दिशा बदल देती हैं। दिन बीते, महीने बीते और फिर साल, जीवन में बहुत कुछ बदल रहा था और वो भी बड़ी रफ़्तार से। जिंदगी में जो कुछ भी बदला उसे तन्नू और शूबी ने निजी स्तर पर कैसे जिया और अनुभव किया ये तो अभी कहना मुमकिन नहीं इसलिए थोड़ा धीरज रखना आवश्यक है। वैसे तो तन्नू और शूबी की जिंदगी में परिवार, स्कूल, कॉलेज से लेकर ऑफिस और फिर शादी के बाद ससुराल और पति तक कई रिश्ते रहे हैं लेकिन हमारी कहानी के मुख्य पात्र केवल तनु, शूबी, विनय और कुंवर ही हैं इसलिए कहानी को ज्यादा भटकाव न देते हुए हम अधिकतर समय इन्ही पात्रों पर केंद्रित रहेंगे। समय और परिस्थिति अनुसार जिन चरित्रों का विकास कथा प्रवाह में जरूरी होगा इनका चरित्र वर्णन उसी समय करेंगे।

तन्नू का अपना एक लाइफ स्टाइल बन गया था। एक मध्यवर्गीय परिवार की लड़की कब हाई क्लास गर्ल बन गयी थी पता ही नहीं चला।उसके ऑफिस टाइमिंग्स भी कोई फिक्स नहीं होते। हफ्ते में दो तीन बार ऑफिस के बाद विनय से भी मुलाकात होती इसलिए अक्सर घर अब सिर्फ रात गुजारने भर के लिए ही था। तन्नू के पिता इस अचानक हुए बदलाव को हजम नहीं कर पा रहे थे और अक्सर उसके इस लाइफस्टाइल से काफी परेशान रहते लेकिन जवान बेटी वो भी अति महत्वाकांक्षी, से ज्यादा कुछ कह नहीं पाते। रूढ़िवादी भाई को बीवी का ही इतना आधुनिक होना पसंद नहीं था तो बहन का इतना खुलापन कैसे बर्दाश्त हो। कई बार उसने विनय को तन्नू के साथ देर रात बाहर भी देखा था और जब भी इस बारे में जिक्र किया केवल घर में कलह ही हुई। हारकर उसने तन्नू से दूरी बनानी शुरू कर दी और अपनी पत्नी को भी हिदायत दे दी कि तन्नू के मुँह न लगे कभी।

एक दिन माँ बाप ने तन्नू को प्यार से समझाने की मंशा से अपने पास बुलाया और बड़े ही सटीक तरीके से एक ही बात कही :-

" तन्नू बेटा अब तुम कोई छोटी नहीं हो। तुम्हारा इस तरह से बेपरवाह जीना शायद तुम्हारे लिए सही होगा लेकिन जिस समाज में हम रहते है वहां अब भी लड़कियों के लिए काफी वर्जनाएँ है। हम सिर्फ यह कहना चाहते हैं कि शादी तो एक दिन होनी ही है, अगर तुम अपनी पसंद के लड़के से शादी करना चाहती हो तो हमे बताओ, हम उसके माता पिता से बात करें। लेकिन इस तरह समाज में हमे उपेक्षा का कारण न बनाओ। जवान बेटी की सीमा से बाहर आजादी माता पिता

को जीने नहीं देती बेटा। हमारे बुढ़ापे का लिहाज करो और हमारी मजबूरियों और सीमाओं को भी समझने का प्रयत्न करो।"

माता पिता की इस बात पर तन्नू कुछ प्रतिक्रिया नहीं कर पायी और जाते हुए कह गयी कि :-

" पापा मैं आपको १-२ दिन में बता दूंगी, मुझे कुछ समय दो "

बेटी की इस बात पर कोई प्रतिक्रिया न करने में ही पिता ने समझदारी दिखाई।

तन्नू ने ऑफिस जाते हुए विनय को फोन किया और सारी बात बताई :-

"विनय शादी के लिए क्या विचार है तुम्हारा, मम्मी पापा बहुत जोर दे रहें है शादी को। कई सालों से हम एक दुसरे से जुड़े हैं और हमने अपनी सीमाओं को तोड़कर एक दूसरे से प्यार किया है।

अब तो तुम भी ठीक ठाक जॉब कर रहे हो। "

"अरे मैंने शादी से कब इंकार किया। तुम तो जानती हो जैसे अपने भविष्य को लेकर तुम महत्वाकांक्षी हो ऐसे ही मैं एक बड़ा मुकाम हासिल करना चाहता हूँ इसलिए सोचा था पहले एक अच्छी जगह सेट हो जाऊँ फिर हम शादी कर लेंगे "

विनय ने बड़ी ही साफगोई से तन्नू का हाथ पकड़ जवाब दिया।

"लेकिन अपने घर पर तो बात कर लो पहले "

तन्नू ने शंकित होते हुए कहा।

"तन्नू तुम्हे पता है मेरे पापा नहीं है और न ही कोई और भाई बहन। केवल माँ है वो भी अभी सरकारी नौकरी में है, उन्हें मेरे निर्णय से कोई आपत्ति नहीं होगी। तुम अपने माता पिता से कह दो, जिस दिन भी तुम्हारा विचार बने मैं माँ के साथ तुम्हारे घर बात करने आ जाऊँगा।"

विनय ने तन्नू के हर सवाल का जवाब दे दिया जिससे वह निश्चिन्त हो गयी थी और घर लौटकर अपने माता पिता को अपना फैसला बता दिया। लड़का नौकरी में था, माँ भी पढ़ी लिखी थी और परिवार में केवल दो ही लोग थे। ऐसे में तन्नू के माता पिता को क्या ऐतराज होता ?

सब देख भाल कर विनय और तन्नू की शादी कर दी गयी। तन्नू की समय पर शादी जितनी उसके अपने जीवन के लिए जरूरी थी उतनी ही उसके मायके के संबंधों के सुचारू रूप से चलने के लिए खासकर भाई के लिए नहीं तो उसका खुलापन उसके परिवार में हमेशा कलह का कारन बना रहता।

शादी के बाद तन्नू ससुराल पहुँच गयी। हालाँकि विजय और उसके बीच तन की दूरियां तो कब की मिट चुकीं थीं लेकिन नयी नवेली दुल्हन के भीगे भीगे अरमान और विनय का सम्पूर्ण रूप से साथ होना सामाजिक स्वीकृति के बीच एक अलग ही दिल को गुदगुदाने वाला एहसास था। एक अलग सी ही मीठी मीठी खुशबू को महसूस कर रही थी तन्नू अपने इर्द गिर्द। विनय की बाहों में कैद होकर उसने अपने गृहस्थ जीवन की शुरुआत की। तन्नू इतनी खुश थी कि उसे लगता न जाने कौन सी अनदेखी कस्तूरी की सुगंध उसे हर समय घेरे रहती है।

तीन कमरे का साधारण सा फ्लैट था विनय का लेकिन था अपना। विनय की माँ पढ़ी लिखी नौकरीपेशा तो थी लेकिन हमारी भारतीय रूढ़ियों में जकड़ी महिलाओं की सोच के वशीभूत उसे सास बनने के बाद बेटे का बीवी की और झुकाव थोड़ा असहज करने लगा था। विनय की माँ ने अपना जीवन काफी स्वतंत्र तरीके से जिया था। छोटी उम्र में पति की मृत्यु ने उसे बेटे के साथ अकेला कर दिया था लेकिन आर्थिक स्वतंत्रता होने के कारण वो जल्द ही संभल भी गयी थी। उसके बाद सारा जीवन उसने अपने बलबूते पर काटा। कभी किसी तीसरे की घुसपैठ उसके जीवन में नहीं रही। और शायद यही वजह थी कि बहु को बेटी समझने की जगह वो खुद को कुछ ठगा सा समझने लगी। अनजाने ही वो खुद के अस्तित्व को लेकर असुरक्षित सी हो गयी थी। उसे लगा उसके जीवन की एकमात्र धूरी उसका बेटा उससे दूर होने लगा है। जबकि शादी के शुरुआती समय में पति पत्नी का एक दूसरे की ओर हद से ज्यादा रुझान सामान्य था। बेटा माँ की मनोस्थिति समझने लगा था लेकिन अपनी ओर से वो माँ को बहुत समझाता कि आपकी जगह मेरे जीवन में सम्मानीय है और हमेशा रहेगी। आपके लिए मेरा प्यार कभी कम नहीं होगा। लेकिन विनय की माँ जैसे तन्नू से मन ही मन प्रतिस्पर्धा करने लगी थी। उसे लगता कि अपनी पूछ बनाये रखने का एक यही तरीका है कि वो हर समय बहु बेटे के मध्य बनी रहे जो कि बेहद गलत धारणा थी। तन्नू और विनय जब भी कभी कहीं जाने की सोचते विनय की माँ पहले ही तैयार हो जाती साथ जाने के लिए। इस तरह का अनापेक्षित साथ और दखलंदाजी आजाद ख़यालात वाली तन्नू बर्दाश नहीं कर पाती। वह मन ही मन कुढ़ती रहती लेकिन विनय की भावना का ख्याल रखते हुए कुछ कह नहीं पाती।

तन्नू को अपनी जिंदगी और विनय से बहुत अपेक्षाएँ थीं। वो चाहती थी कि विनय और मेहनत करे जिससे उसका आमदनी का जरिया बढे और खुद भी वो यही करती थी। उसे वो सब कुछ चाहिए था जो अभी तक उसके पास नहीं था।

अक्सर विनय से कहती :-

"विनय हमने जन्म भले ही साधारण परिवारों में लिया है , लेकिन मेरी शुरू से ही आगे बढ़ने और खूब पैसा कमाने की खवाहिश रही है। अच्छा घर, अच्छा फर्नीचर, ऐशोआराम...... कहने का मतलब है कि एक आलिशान जिंदगी होनी चाहिए। एक ही तो जीवन मिलता है फिर क्यों इसे संतुष्टि का जामा पहनाकर हम भी अपनी छोटी छोटी इच्छाओं को मारते जिंदगी को घसीटते रहें ? "

"तन्नू तुम्हे पता था कि मैं एक साधारण परिवार से हूँ, नौकरी मेरी ठीक ठाक है, लेकिन इतनी बड़ी नहीं कि रईसों सा जीवन जी पाएँ। हम दोनों अपनी तनख्वाह मिलाकर सुविधापूर्ण जीवन तो जी सकते हैं लेकिन इससे ज्यादा की उम्मीद बहुत मुश्किल है। और मैं ऐसा कोई भी अनैतिक काम नहीं करना चाहूँगा जिससे मेरी छवि समाज में धूमिल हो। सपने जरूर देखने चाहिए लेकिन सपनो के पीछे हकीकत को मत भूलो। जो हमारे नसीब का था भगवान् ने हमे दिया है और आगे भी जो होगा वो ही मिलेगा।"

विनय तन्नू को समझाता लेकिन मन ही मन दुखी भी होता कि तन्नू की इच्छाएँ पूरी करने में असमर्थ है वो। और इसी वजह से कहीं न कहीं उसके मन में खुद को लेकर हीनता की भावना आने लगी थी।

तन्नू विनय कि बात सुनकर उस समय तो खामोश हो जाती लेकिन मन ही मन न जाने क्या बुनती रहती। उसका दिल और दिमाग विनय की बात को स्वीकार ही नहीं कर पाता। शादी को दो महीने गुजर गए, तन्नू विनय की माँ की हद से ज्यादा दखलंदाजी से परेशान हो रही थी। विनय की माँ की शनिवार और इतवार को दफ्तर से छुट्टी रहती लेकिन तन्नू और विनय की केवल इतवार को। आज शनिवार था और तन्नू का मिजाज कुछ अच्छा नहीं था सो घर पर आराम करने की गरज से उसने ऑफिस से हाफ डे की छुट्टी ले ली। घर आयी तो देखा सासू माँ उसकी अलमारी खोलकर न जाने क्या ढूंढ रही थी, तन्नू को अचानक आया देख सकपका गयी और कहने लगी मुझे मेरी साड़ी का ब्लाउज नहीं मिल रहा था, सोचा गलती से कहीं तुम्हारे कपड़ों में न चला गया हो। इस निरर्थक बहाने को तन्नू समझ गयी थी क्यूंकि यह उसकी सास भी जानती थी की वह अपने कपडे नहाते हुए खुद धोती हैं और प्रेस भी खुद ही करकर अलमारी में रखती हैं फिर तन्नू के कपड़ो में उनके कपडे मिलना सिर्फ अपनी बात छिपाने का एक बहाना था। तन्नू को गुस्सा तो बहुत आया लेकिन अभी चुप रहना ही ठीक समझा उसने। उसे बिलकुल बर्दाश्त नहीं था कि उसकी निजी जिंदगी में कोई भी इस कदर ताक झाँक करे। बात अलमारी खोलने की नहीं थी, बात सिर्फ इतनी थी कि मेरे और विनय के सामने तो कमरे में भी न आने का दिखावा करती हैं और पीछे से इस तरह मेरी चीजों की छानबीन क्यों ? तनु ने सोचा कुछ कहूंगी तो कलह होगी और कहीं न कहीं विनय और मेरे बीच भी इस कलह का असर होगा। अगले दिन से उसने अलमारी में ताला लगाना शुरू कर दिया और चाबी अपने साथ ले जाने लगी। अलमारी के ताले ने सास बहु के बीच और गहरी खाई खोद दी। शब्दों का झगड़ा उतना असर नहीं कर सकता था जितना मौन झगडे ने असर

किया। बोलकर इंसान मन का द्वेष बाहर निकाल देता है लेकिन जो द्वेष मन में हीं पलता रहे, वह भविष्य में क्या रूप लेगा इसका अंदाजा लगाना मुश्किल हो जाता है। यह पहली बात नहीं थी, ऐसी न जाने रोज कितनी ही बाते होतीं जो सास बहु को एक दूसरे से दूर करती गयीं। और विनय बेचारा बीवी और माँ के बीच खुद को असहाय महसूस कर लगा ।

दिवाली आने वाली थी, घर की दीवारें और परदे बहुत पुराने और बदरंग हो गए थे। तन्नू ने विनय से कहा इस बार हम दोनों को जो बोनस मिलेगा उससे हम घर में रंग करा लेंगे और नए परदे लगायेंगें। विनय ने सोचा चलो इतने में भी अगर तन्नू खुश हो जाती है तो क्या बुरा है। बोनस तो जब मिलेगा तब मिलेगा, और फिर इतनी जल्दी सारे काम नहीं हो पायेंगें, बैंक से पैसे निकलवा कर काम शुरू करा लेते हैं और जब बोनस मिलेगा तो उसे फिर अकाउंट में डाल देंगे। विनय की इस बात पर तन्नू खुश हो गयी और उसके गले से लिपट गयी।

विनय सोचने लगा कितना आसान है औरत को खुश करना, मुझे पता होता कि सिर्फ घर की इतनी सी सजावट से ही तन्नू इतनी खुश हो जाएगी और मुझपर ऐसे प्यार बरसाएगी तो यह तो मैं पहले ही कर देता।

3.

दिवाली आयी, बड़े शौक से तन्नू ने घर की दीवारों के लिए रंग चुने थे। पर्दे सेलेक्ट करने में ही एक हफ्ता लगा दिया था। कितने शोरूम्स के चक्कर लगाए थे विनय और उसने, तब जाकर उनके बजट में पूरे घर के पर्दे आये थे। हलके नीले और सिल्वर कलर के कॉम्बिनेशन के पर्दे दूधिया सफ़ेद दीवारों पर खिल उठे थे। दीवारों पर पर्दों के रंग तो खिले लेकिन उनको देखकर तन्नू का दिल खिल न सका। विनय की माँ ने खुश होने की जगह इस सजावट को फिजूल खर्च बताकर तन्नू को खूब ताने मारे थे। उनके अनुसार तन्नू में घर का खर्च चलाने का हुनर नहीं था।

उन्होंने विनय से तिलमिलाकर कहा :-

"बेटा अगर मैं भी अपने शौक इसी तरह पूरे करती रहती तो तुम्हारे पिता के जाने के बाद आज न तो हमारे सर पर छत होती और न ही तुम्हे पढ़ा सकती। घर बसाने के लिए खुद को जलाना पड़ता है।"

अबकी विनय भी माँ की बात सुनकर चुप न रह सका और आज पहली बार माँ के सामने बोल पड़ा :-

" माँ तुम्हारी बात ठीक है लेकिन उस समय की परिस्थितियाँ कुछ और थीं। आज मैं और तन्नू दोनों इतना तो कमाते ही हैं कि अपने छोटे छोटे शौक पूरे कर सके। और हमने पैसे कहीं बाहर तो उड़ाए नहीं, जो कुछ किया हैं घर कि लिए ही तो किया है, आप नाहक गुस्सा हो रही हैं।"

बेटे को पत्नी की तरफदारी करते हुए विनय की माँ सहन न कर सकी और महीनों से दबी बहु के प्रति कुंठा जुबान पर आ ही गयी :-

बेटा, बीवी के आने से तुम ज्यादा समझदार हो गए हो लेकिन यह मत भूलो कि मैं तुम्हारी माँ हूँ और यह घर भी मेरा है। यहाँ तुम्हारी बीवी को रहना है तो मेरे अनुसार चलना होगा नहीं तो कहीं और बसाये अपना घर।"

माँ की बात बेटे बहु दोनों को अंदर तक आहत कर गयी और विनय ने बेहद दुखी स्वर में माँ से पूछा :-

"माँ क्या यह घर सिर्फ तुम्हारा है, हमारा नहीं ? और तन्नू मेरी पत्नी है, यह तो वहीं रहेगी जहाँ मैं रहूँगा, ये अपना अलग घर कहाँ बसायेगी ?"

इसपर माँ कुछ नहीं बोली और बहु पर एक तीखी नजर डाल अपने कमरे में चली गयी।

लेकिन यह तो समझ आ गया था कि गुजरता हुआ कल अहंकारवश आने वाले कल का स्वागत नहीं कर पा रहा था। प्रकृति का नियम तो कभी नहीं बदलता, हर सुबह का अंत जरूरी है लेकिन जब इंसान इस बात को स्वीकारता नहीं है तो रिश्तों का अंत शुरू हो जाता है। और यही हुआ विनय के मात्र तीन सदस्यों के परिवार के साथ।

अब जब दिल में दबी कुंठा खुलकर सामने आ ही गयी थी तो रोज हीं किसी न किसी बात पर कलह होती। कभी बीवी तो कभी माँ, और विनय इस कलह में खुद को बहुत असहाय महसूस कर रहा था। आखिरकार सब सुख शांति से रह सके इस कारणवश विनय ने

नजदीक ही एक छोटा सा फ़्लैट किराये पर ले लिया। लेकिन माँ भी अपने अहंकार की पक्की निकली, बेटे का अलग रहना बर्दाश्त कर लिया पर बहु को बेटी बनाकर रखना मंजूर नहीं हुआ। छोटा सा परिवार दो घरों में टूट गया। यह भी संसार की रीत है, रिश्ते कभी भी एक तरफ से नहीं निभते, दोनों तरफ से इन्हें बच्चों के समान स्नेह और मान सम्मान के पानी से सींचना पड़ता है। यहाँ विनय की माँ उम्रदराज और अनुभवी महिला होने के बावजूद इस नियम से अनभिज्ञ थी या फिर जानते हुए भी अपने ऊपर ये नियम लागू नहीं कर पा रही थी। परिणामस्वरूप अपनी ही संतान से जीते जी बिछोह सहना पड़ा। विनय ने यह सोचकर नजदीक किराये पर फ़्लैट ले लिया कि कलह से भी बचेंगे और हारी बीमारी में माँ की देखभाल भी हो जाएगी।

नए फ़्लैट में जीने की स्वतंत्रता तो मिल गयी थी लेकिन गृहस्थी की शुरुआत इतनी आसान नहीं थी। नए सिरे से घर बसाना एक बहुत बड़ी जिम्मेदारी का काम होता है। शादी में मायके से मिला सामान तन्नू अपने साथ ले आयी थी। कई दिन लग गए फ़्लैट को घर जैसा बनने में। फिर दोनों की जिंदगी कुछ कुछ पटरी पर आने लगी। दोनों सुबह ही नौकरी पर चले जाते और देर शाम घर लौटते। सुबह का नाश्ता और दिन का खाना ऑफिस में ही मिलता। बड़ी कम्पनीज में यह सुविधा अपने वर्कर्स को दी जाती है। रात को दो जनों का खाना बनाने में कितनी देर लगती होगी। वक़्त ठीक ठाक गुजरने लगा। तन्नू को अब कोई रोक टोक नहीं थी अपने हिसाब से अपना स्टेटस मेन्टेन करने की। हर दूसरे तीसरे महीने कुछ न कुछ नया खरीद लाती। कभी बेड कवर तो कभी क्राकरी। तन्नू को हर चीज अप टू डेट चाहिए थी।

विनय अक्सर कहता :-

"तन्नू हम किराये के फ़्लैट में रहते हैं, कितना भी सजा ले रहेगा तो दूसरे का मकान ही। इससे तो कुछ बचत करनी शुरू करेंगे तो शायद किश्तों पर अपना फ़्लैट भी खरीद सकें। फिर उसे जैसे मर्जी सजाना, वो हमारा अपना घर होगा। अभी तो जिम्मेवारियाँ बहुत हैं, कल तक तो माँ कि साथ थे तो मकान की भी चिंता नहीं थी। अब स्थिति बदल गयी है, कल को बच्चा भी आएगा और खर्चे और बढ़ेंगें। थोड़ा चादर देखकर पैर फैलाने चाहिए।"

" तुम हमेशा पैसों का रोना क्यों रोते रहते हो। यही तो दिन हैं हमारे जीने के, जब उम्र बढ़ जाएगी तब शौक पूरे करेंगे क्या ? तब न जाने हम होंगे भी या नहीं और हों भी तो किसको पता हमारा शरीर हमारा साथ देता है या नहीं। जब जिस चीज की उम्र होती है तभी वो काम होते है। बाद में इन बातों का कोई मूल्य नहीं रहता। और हमे मम्मी से इन्हीं बातों और कलह की वजह से तो अलग होना पड़ा और अब तुम शुरू हो गए। रही बात फ़्लैट की तो मम्मी कोई अपने साथ तो ले जाने से रही। आज नहीं तो कल वो फ़्लैट हमारा ही तो है। तुम अकेले बेटे हो तो तुम्हारा तो उनकी हर चीज पर हक़ है।"

गुस्से में और एक ही साँस में तन्नू ने अपनी बात कह दी ....

विनय तन्नू को देखता ही रह गया और दबी जुबान में बोला कि अपना हक़ जताने कि लिए मैं अपनी माँ का मरना तो मान नहीं सकता। भगवान् उनको लम्बी उम्र दे , वो जैसी भी हैं लेकिन माँ हैं मेरी। बहुत ही समझौते किये हैं उन्होंने मेरे लिए जीवन में।

इसपर तन्नू कुछ न बोली लेकिन अपनी इच्छाएँ मारकर जीने का उसका कोई इरादा फिर भी न था।

4.

ऑफिस पहुँचने पर विनय को खबर मिली कि पिछले वर्ष की कॉन्फिडेंशियल रिपोर्ट के आधार पर कंपनी के बोर्ड ऑफ़ मेंबर्स द्वारा १० लोगों की टीम चुनी जा रही है। इस टीम को ३ माह की ट्रेनिंग कि लिए मुंबई भेजा जाएगा। ट्रेनिंग की सफलता और एम्प्लाइज के पिछले रिकॉर्ड के आधार पर इनमे से एक एम्प्लॉई सेलेक्ट होगा जो बाकी ९ एम्प्लाइज को सुपरवाइज करेगा बॉम्बे हेडक्वार्टर्स की नयी ब्रांच में। यह बहुतरफा प्रमोशन का एक महत्वपूर्ण मौका था। टीम हेड जो की नयी ब्रांच का जनरल मैनेजर होगा उसे कंपनी की तरफ से बंगला, गाड़ी और कई ऊपरी सुविधाएँ मिलेंगी। बाकी ९ वर्कर्स को भी वेतन में बढ़ोतरी की साथ कंपनी की तरफ से एक फ़्लैट मिलेगा।विनय को यह तो यकीन था की इन १० वर्कर्स में उसका नाम तो सेलेक्ट हो जाएगा क्योंकि अपने ऑफिस में उसकी छवि मेहनतकश और शान्त व्यक्तित्व के वर्कर की हैं, बाकी मेहनत और किस्मत बताएगी क्या लिखा है। लेकिन एक बार नामों की लिस्ट आ जाएँ। इसमें भी करीबन २ महीने लगने थे।

ऑफिस में महिला सहकर्मी भी थीं जो चाहती तो थी की ये मौका उन्हें भी मिले लेकिन अपना घर परिवार छोड़कर बॉम्बे जाना उनके लिए मुमकिन नहीं था। कुंवारी लड़कियाँ और एक आध खुले विचारों की शादी शुदा महिला इस प्रतिस्पर्धा में शामिल थी क्योंकि उनके लिए कोई ख़ास बंदिश नहीं थी। इनमे से एक राशी थी जो दिल्ली ब्रांच के जनरल मैनेजर के काफी नजदीक थी। हालांकि वो शादीशुदा थी फिर भी अपने काम निकलवाने के लिए अपने आला अधिकारियों को

खुश करने में उसे कोई परहेज नहीं था। इसलिए ऑफिस में उसको औरो से कुछ ज्यादा ही सेवायें मिलती। एक ही ऑफिस में जहाँ एक और ऐसी महिलायें भी थी जो घर परिवार की जिम्मेवारियों के खातिर आगे बढ़ने के अवसर बड़ी आसानी से खो देतीं थी वहीं दूसरी और ऐसी महिला भी थी जिसके लिए अपनी बढ़ोतरी के आगे कुछ मायने नहीं रखता था, न इज्जत न परिवार। विनय ने इतनी नजदीकी से औरत के ये दो रूप देखे थे। फिर वह सोचता एक मेरी माँ भी थी जिन्होंने भरी जवानी में पिता के जाने के बाद अकेले ही मेरी परवरिश की वो भी इज्जत के साथ। सच में बहुत मुश्किल है औरत को समझना, लेकिन औरत ही क्यों मर्द भी तो इसी जाती में आते है जो शादी शुदा होते हुए भी अपनी हवस भरी निगाहों से परायी औरतों को एक पल में माप देते हैं। खैर मुझे क्या लेना, दुनिया रंग बिरंगी है ....जितने लोग इतने चरित्र। खैर, मैं कौन होता हूँ इनका चारित्रिक विश्लेषण करने वाला। सोचते सोचते घर जाने का समय हो गया और विनय अपनी बाइक को सड़कों पर दौड़ाता हुआ घर पहुँच गया।

तन्नू अभी घर नहीं पहुँची थी, विनय ने चाय बनाई और बालकनी में बैठ पीने लगा। देखा सामने बसस्टैंड पर तन्नू अपनी चार्टेड बस से उतरी है। घर आती हुई तन्नू को विनय निहारता हुआ सोचने लगा की अभी भी कितनी मासूमियत और बचपना है तन्नू में। लेकिन महत्वाकांक्षाओं का कोई अंत नहीं। तन्नू घर पहुँच गयी और फ्रेश होकर नाईट सूट पहन लिया। फटा फट एक कप कॉफ़ी बना साथ ही गैस पर दाल चावल चढ़ा दिए। विनय के पास बैठकर कॉफ़ी पीने लगी और चुटकी लेते हुए विनय से बोली :-

'कभी मेरी लिए भी चाय बना दिया करो, पता तो है तुम्हे की इस समय तक मैं आ जाती हूँ।"

"हाँजी मेमसाहब, कल से शिकायत का मौका नहीं मिलेगा। वैसे मैं सोच रहा था कि आज बाहर खाना खाते है, कल तो छुट्टी है ही तो उसके बाद कुछ घूमेंगे फिरेंगे और फिर घर वापसी।"

विनय ने भी उसी अंदाज में हँसते हुए कहा

तन्नू भी झट से तैयार हो गयी, हाँ चलो, आज बाहर चलते हैं.. यह खाना कल काम आ जाएगा ...कहते हुए तन्नू तैयार होने चली गयी।

दोनों बाइक पर सागर रत्ना की ओर चल पड़े। बहुत दिनों बाद इस तरह बेपरवाह सा विनय के साथ बाइक पर बैठकर जाना दोनों को कॉलेज के ज़माने में ले गया। कैसे क्लासेज बंक कर एक दूसरे में मग्न रहते थे। कितनी जल्दी समय बदल जाता है। प्यार तो दरमियान आज भी है लेकिन न जाने वो कशिश कहाँ खोती जा रही है। सोचते सोचते तन्नू ने विनय की कमर में बाहें डाल पीछे उसके कंधे पर सर रख लिया। सब कुछ बहुत सुखद लग रहा था।

सागर रत्ना आ गया, तन्नू ने अपने लिए मसाला डोसा और विनय ने एक सांभर वड़ा और उत्तपम आर्डर किया। " सुना है यहाँ का रस्म पापड बहुत फेमस है " कहते हुए विनय ने रस्म का आर्डर भी दे दिया। अभी १० मिनट लगने थे खाना लगने में। आस पास की टेबल्स पर कई फैमिलीज़ बैठी थीं। कुछ कपल्स भी थे। विनय ने बताया की आज ऑफिस में एक प्रपोजल निकला है, अगर उसमे मेरा नाम आ जाता है तो एक बहुत बड़ा बदलाव होगा मेरे करियर और हमारे स्टेटस में। वैसे न आने का कोई कारण नहीं है, लेकिन जब

तक लिस्ट न आये कहा नहीं जा सकता । तन्नू ने उत्सुकतावश पूछा, ऐसा क्या ख़ास है इस प्रपोसल में।

विनय ने विस्तार से तन्नू को बताया और साथ ही ३ महीने ट्रेनिंग पर जाने की बात भी कही। तन्नू की आँखों में चमक आ गयी।

" अरे यह तो बहुत बढ़िया मौका है " भगवान् करे तुम्हारा नाम आ जाए उसके बाद तो मुझे यकीन है की तुम अपनी मेहनत से जी एम् की पोस्ट हासिल कर लोगे।

तन्नू ने चहकते हुए कहा ...

लेकिन एक समस्या यह भी है की तीन महीने तुम्हे यहाँ अकेले रहना पड़ेगा, मम्मी के साथ तुम्हारी बनती नहीं तो फिर तुम अपने मायके रह सकती हो। तीन महीने का किराया ही तो देना पड़ेगा फ़्लैट का, वो भी देख लेंगे। जब ट्रेनिंग पूरी हो जाएगी तो कोई चिंता ही नहीं फिर तुम भी वहाँ आ जाना। कंपनी घर, गाड़ी सब देगी।

विनय ने अपनी राय दी ...

"हाँ वो तो ठीक है लेकिन लिस्ट तो निकलने दो, उसमे भी तुम कह रहे हो कि अभी दो महीने लग जायेंगे। अभी तो काफी समय है और तुमने अभी से ख्याली पुलाव पकाना शुरू कर दिया।" लेकिन एक बात और है विनय, मैं नौकरी तो छोडूंगी नहीं, कोशिश करूंगी, या तो मुंबई ब्रांच में मेरा भी स्थानांतरण हो जाए या फिर यहाँ से रिजाइन कर वहाँ अप्लाई करूंगी।

तन्नू ने विनय से अपनी शंका जताई ..,...

"लो खाना भी आ गया ..... बैरे ने खाना टेबल पर लगा दिया और बिसलेरी की बोतल लेने चला गया।

मैंने कब कहा कि तुम नौकरी छोड़ देना, तुम भी आगे बढ़ो मैं तो यही चाहता हूँ। चलो अब खाना खाओ, अभी तो समय है... देख लेंगे कैसे और क्या करना है।

विनय ने बात ख़त्म करते हुए कहा।"

खाना खाकर घुमते फिरते दोनों घर पहुँच गए।

आज कितने दिनों कि बाद हम ऐसे घूमने निकले है विनय, सच में बहुत अच्छा लगा ...कभी कभी अपनी व्यस्त जिंदगी से थोड़ा समय अपने लिए निकलना चाहिए। तन्नू कपडे बदलते हुए विनय से कह रही थी और विनय एकटक तन्नू को देखे जा रहा था।

अचानक विनय उठा और तन्नू को गोद में उठाकर बिस्तर पर ले आया, तन्नू ने भी अपनी बाहे उसके गले में डाल उसके होंठ चूम लिए। और दोनों प्रेम की बारिश में ऐसे भीगे की सारी रात एक दूसरे की खुशबू में नहाते रहे।

रोज की भागम भाग में आज की रात ने एक नयी ताजगी भर दी थी तन्नू और विनय में। सुबह अलसाई सी तन्नू फिर सोते हुए विनय की बाँहों में आ गयी और विनय ने भी उसे अपने आगोश में ले लिया।

और फिर वही भागम भाग वाली जिंदगी शुरू हो गयी, कभी धूप कभी छाँव। फिर कभी प्यार तो कभी शिकायत।

वो दिन भी आ गया जब ऑफिस के नोटिस बोर्ड पर दस लोगों की लिस्ट लगी, विनय का नाम भी था। बधाइयों के दौर शुरू हुए, कुछ दोस्त पार्टी की फरमाइश करने लगे और कुछ ऐसे भी थे जो ईर्ष्या से जले जा रहे थे। जो भी हो विनय बहुत खुश था और तन्नू को फोन कर उसने अपनी खुशी जाहिर की। तन्नू जितनी खुश थी उतना ही उसे अब अपनी नौकरी के बारे में भी सोचना था। फिर ३ महीने के लिए रहने का भी इंतजाम करना था। सोचने लगी कि मायके में रहे या यहीं।   सोचा जब तीन महीने का किराया देना ही है तो घर पर ताला क्यों लगाना, दो चार दिन मायके चली जाऊँगी फिर मम्मी पापा को यही बुला लूँगी। मुझे भी दिक्कत नहीं होगी और मम्मी पापा का साथ भी मिल जायेगा। मायके में शादी के बाद तीन महीने रहना कुछ मुश्किल लगता है। विनय के आने के बाद ही पता चलेगा उसने जाना कब है, फिर उसी हिसाब से तैयारी करुँगी।

शाम को विनय ने बताया बस इसी हफ्ते निकलना है ट्रेनिंग के लिए, समय कम है इसलिए अभी से तैयारी शुरू कर लो। शॉपिंग वगैरह के लिए तो कोई ख़ास जरूरत नहीं बस जरूरी का सामान ध्यान में रखकर पैकिंग शुरू कर दो। और तुमने क्या सोचा ....तुम भी अपनी तैयारी साथ ही कर लो, जिस दिन मैं निकलूँगा तुम्हे मायके छोड़ता हुआ चला जाऊँगा।

क्यों ... ठीक है ना....

विनय ने पूछा .....

" विनय, मैं सोच रही थी कि यहाँ तीन महीने का किराया तो देना ही है फ़्लैट का तो ताला क्यों लगाना। मैं २-४ दिन वहाँ रहने चली

जाऊँगी फिर मम्मी पापा को यहीं बुला लेती हूँ। वो ज्यादा अच्छा रहेगा। घर की साफ़ सफाई भी होती रहेगी और फिर ३ महीने कि लिए बड़ा मुश्किल है मायके में रहना। फिर न जाने क्या सोच तन्नू कहने लगी कि शादी के बाद से शूबी की कोई खबर नहीं मिली मुझे, दो-चार दिन वहाँ जाऊँगी तो उसके बारे में भी कुछ पता चलेगा। कहाँ हम एक पल के लिए भी अलग नहीं होते थे और कहाँ अब देखो, एक दूसरे की कोई खबर भी नहीं।"

तन्नू ने संजीदा होकर विनय से कहा ...

"ऐसे भी ठीक है, मकसद तो यह है की तुम अकेले होगी तो मुझे भी चिंता रहेगी, मम्मी पापा यहाँ आ जाएँ या तुम वहाँ रहो कम से कम मैं बेफिक्र रहूंगा। और प्लीज थोड़ी ईगो छोड़कर कभी कभी मेरी माँ का भी हाल चाल पता कर लेना, चाहे फ़ोन पर ही सही। नहीं तो मेरा दिमाग यहीं लगा रहेगा।

ऐसा करता हूँ एक बार माँ को मिल आता हूँ और उन्हें भी खबर कर दूँ।"

कहता हुआ विनय चला गया ....

तन्नू को विनय पर दया सी आ गयी। सोचने लगी मुझ से चाहे जैसे भी रिश्ते हों लेकिन विनय कि लिए तो वो माँ है, कितना लाचार महसूस कर रहा था यह कहता हुआ। कोई बात नहीं, मैं विनय को निराश नहीं करूँगी।

तैयारियाँ पूरी हो गयीं , तन्नू ने अपने दो तीन दिन की पैकिंग की और विनय उसे मायके छोड़ता हुआ एयरपोर्ट चला गया जहाँ उसकी

टीम उसका इंतजार कर रही थी। तन्नू काफी समय बाद मायके आयी थी और इसे संजोग ही समझो की शूबी भी उन दिनों अपने मायके आयी हुई थी। दोनों सहेलियाँ एक दूसरे के ऐसे गले मिली जैसे बरसों कि बाद मिली हो और सच भी था ...एक अरसा हो गया था दोनों को मिले हुए। . तन्नू तो शूबी की शादी में भी न जा सकी। कैसे जाती, कुंवर एक रईस लड़का था और उसने शादी के सारे फंक्शन कनाडा में ऑर्गनाइज़ किये थे। तन्नू की शादी न हुई होती तो भी शायद वो चली जाती लेकिन शादी के बाद मुश्किल हो गया था सहेली की शादी में इस तरह से देश के बाहर जाना। शूबी को शिकायत तो बहुत थी लेकिन तन्नू की स्थिति भी वो समझती थी। शिकवे शिकायतों को जल्दी से एक तरफ कर दोनों सहेलियाँ अपनी अपनी शादी शुदा जिंदगी के किस्से कहानियाँ सुनाने लग गयीं। तन्नू ने गौर किया की शूबी पहले से कितनी आकर्षक हो गयी थी और काफी मॉडर्न भी। खुले और आजाद व्यक्तित्व की तो वो पहले भी स्वामिनी थी लेकिन अब तो वो बला की खूबसूरत लग रही थी। शायद पैसा सुंदरता के आकर्षण में और चार चाँद लगा देता है। शूबी और तन्नू में ज्यादा फर्क तो था नहीं सिवाए इसके कि तन्नू के कुछ सीमित आर्थिक साधन थे। और यही फर्क बहुत बड़ा था।

जिंदगी भी कैसे कैसे रंग दिखाती है , एक ही जगह दोनों साथ साथ पली बढ़ीं और शादी के बाद एक आसमान पर चमकता हुआ चाँद और एक धरती का छोटा सा जुगनू। शूबी को देख तन्नू की दबी हसरते फिर जागने लगीं। शुरू से ही उसे हाई स्टेटस मेन्टेन करने का शौक था लेकिन साधन कम थे। पर अब उसने मन ही मन ये हसरते जोर मारने लगीं कि उसका भी स्टेटस शूबी जैसा बन जाए। कितना

आकर्षण है उसकी ग्लैमरस पर्सनालिटी में। मैंने भी तो यही चाहा था हमेशा लेकिन मिला सिर्फ शूबी को।

कहीं न कहीं अपनी जान से प्यारी सखी शूबी के लिए तन्नू के मन में ईर्ष्या ने जन्म ले लिया था।

5.

शूबी के साथ पुरानी यादों को ताजा करने के एवज में तन्नू ने ऑफिस से एक हफ्ते की छुट्टी ले ली। दोनों सहेलियों ने खूब मस्ती की। लेकिन कहीं न कहीं शूबी अनजाने में या दिखावे की दुनिया के आदि होने के कारण तन्नू के आगे अपने हाई सोसाइटी लाइफ स्टाइल का प्रदर्शन करने से भी नहीं हिचकती थी । और तन्नू इस शानोशौकत की दुनिया की कायल होती जा रही थी। तन्नू इस एक हफ्ते में शूबी के रंग में ऐसी रंगी कि कुछ समय के लिए भूल ही गयी थी कि उसकी जमीन शूबी के आसमान से बहुत दूर है।

शूबी के पूछने पर तन्नू ने बताया कि आजकल विनय एक ट्रेनिंग के मकसद से मुंबई गया हुआ है और उसके बाद हम वहीँ सेटल हो जाएंगे। कंपनी की मुंबई ब्रांच में विनय जनरल मैनेजर की हैसियत से अपॉइंट होगा।

"आजकल हम अपने मुंबई वाले बंगले में ही रह रहे है। वैसे तो हमारा कोई निश्चित नहीं होता क्योंकि कुंवर को बिज़नेस के चक्कर में अलग अलग स्टेट्स और कंट्रीज में बार बार जाना पड़ता है और ये अक्सर मुझे साथ ही ले जाते है। कई बार प्रोफेशनली जरूरी भी होता है कि मैं इनके साथ रहूँ।

मुंबई में तो कुंवर का अलग अलग प्रोडक्ट्स का बिज़नेस फैला है .....

वैसे विनय किस कंपनी में है ?"

शूबी ने जिज्ञासुक्तावश पूछा ......

एक जैपनीज़ इलेक्ट्रिकल प्रोडक्ट्स की कंपनी है "टर्बो इलेक्ट्रिकल्स "....... बस इस ट्रेनिंग के बाद हम भी मुंबई आ जाएंगे (कहते हुए तन्नू कुछ शंकित भी थी कि मैं कह तो गयी पर पता नहीं विनय जनरल मैनेजर बन भी पायेगा या नहीं)

अरे... ......टर्बो इलेक्ट्रिकल्स के तो कुंवर बोर्ड ऑफ़ डायरेक्टर्स में हैं .....विनय के लिए कोई मदद चाहिए तो बता ....मैं अभी कुंवर को फ़ोन करूंगी और तेरा काम मिनटों में हो जाएगा।

तन्नू की आंखों में चमक आ गयी ......"शूबी असल में विनय मुंबई ट्रेनिंग पर गए है वहाँ इनके साथ ९ लोग और भी गए है।

तीन महीने की ट्रेनिंग के बाद पता चलेगा जनरल मैनेजर की पोस्ट के लिए कौन सेलेक्ट होगा। तुम तो जानती हो हम दोनों ने साथ साथ कितने सपने देखे थे आगे बढ़ने के। मेरी बहुत ख्वाहिशे हैं की जिंदगी में आगे बढ़ूँ लेकिन जो चाहती हूँ वो हो नही पा रहा। अगर तुम्हारी इतनी जान पहचान है तो कुंवर से कहकर विनय को इस कंपनी में किसी बड़े रुतबे पर लगवा दो। "

तन्नू ने शूबी से गुजारिश के लहजे में कहा .....

"अरे यार तू चिंता मत कर.... दो तीन दिन में कुंवर आएँगे तो तुमसे मिलाऊँगी, वो भी खुश होंगे तुमसे मिलकर...... कॉलेज की यादें ताजा हो जाएँगी ।"

शूबी ने तन्नू को चुकोटी काटते हुए कहा .....

तन्नू के दबे दबे से ख्वाब फिर जागने लगे। रात को विनय को फ़ोन कर उसने सारी बात बताई। विनय को भी अपनी तरक़्क़ी के रास्ते खुलते हुए दिखे।

"विनय लगता है हमारी किस्मत जल्द ही बदलने वाली है, हम भी अपने सपने पूरे कर सकेंगे। सोचो मुंबई जैसे शहर में एक बड़ा सा बंगला, कीमती फर्नीचर और ढेरों नौकर चाकर .... विनय मुझे भी शूबी जैसी ठाठ की जिंदगी चाहिए। तुम उसे देखोगे तो देखते रह जाओगे, अब वो कॉलेज वाली शूबी नहीं रही। अत्यंत आधुनिका और रईसियत की चमक है उसके व्यक्तित्व में। दो-तीन दिन में कुंवर भी आएगा यहाँ तो मैं तुम्हारी उससे बात कराऊँगी। ऐसे लोगों से रिश्ते बनाकर रखने चाहिए इसलिए तुम कुंवर के टच में रहना। चलो अब फ़ोन रखती हूँ तुम्हे सुबह जल्दी उठना होगा। कल बात करेंगे।"

रात भर तन्नू एक अलग ही दुनिया में जीती रही।

दो दिन बाद कुंवर आया और शूबी ने मुझे बुलवा लिया। बहुत समय बाद कुंवर से मिलना हो रहा था और फिर इतना बड़ा आदमी बन गया है , इसी तरह से सीधा उठकर चले जाना अच्छा नहीं लगता।

तन्नू ने सोचा और जल्द से कपडे बदल हल्का सा मेकअप किया और पहुँच गयी शूबी के घर।

पहचानो कुंवर कौन है यह...

शूबी ने शरारती अंदाज से पुछा और मैंने भी थोड़ा झिझकते हुए हेलो कुंवर कह दिया।

अरे पहचानूँगा क्यों नहीं... वो भी तुम्हारी ख़ास सहेली को .... तन्नू तुम तो पहले से भी सुन्दर हो गयी हो ....क्या बात है ...?

कुंवर ने शरारत भरे लहजे में कहा और शूबी भी कनखियों से मुस्कुरा रही थी।

तन्नू दोनों पति-पत्नी के इस तरह से खुले हुए व्यवहार से बहुत प्रभावित हुई। सोचने लगी हम मिडिल क्लास लोगों की सोच भी कितनी तंग होती है, प्रेमी - प्रेमिका हो या पति पत्नी , किसी और की तरफ नजर उठाकर भी देख ले तो क़यामत आ जाती है और इन दोनों को देखो ...कुंवर कैसे फलर्टिंग अंदाज में मुझसे बात कर रहा है और शूबी का कोई नेगेटिव रिएक्शन नहीं।

औपचारिक बातों के बाद विनय का जिक्र हुआ, शूबी ने कुंवर को कहा की विनय का ख़ास ध्यान रखना है तुम्हे। कैसे भी करके उसके लिए एक हाई प्रोफाइल पोस्ट रेडी करो। तन्नू को मैं मायूस नहीं कर सकती।

अरे यार तुमने कह दिया और काम हो गया, आज शाम को पार्टी है... तन्नू तुम भी चलो हमारे साथ .... तुम्हारा नया सर्कल बनेगा... अच्छा लगेगा तुम्हे। कुंवर ने शूबी की और देखते हुए कहा ....

हाँ हाँ तन्नू......... तुम भी चलो, अच्छा लगेगा तुम्हें.....हम लोग खूब मस्ती करते हैं।

शूबी की बात सुनकर तन्नू का मन गुदगुदाने लगा , लेकिन सोचने लगी पता नहीं मम्मी पापा इजाजत देंगे या नहीं। इतने दिनों के बाद मायके आयी हूँ कहीं फिर पार्टी की बात सुनकर माहौल ख़राब न हो

जाए। और फिर ऐसी पार्टी में जाने के लिए कपड़े भी तो उस हिसाब से चाहिए। यहाँ तो मेरे पास ऐसी कोई ख़ास ड्रेस नहीं है। चलो देखती हूँ ... इसका भी समाधान ढूंढना होगा ।

सोच में डूबी तन्नू ने पार्टी के लिए हाँ कर दी। जितनी देर बाते चलती रही तन्नू ने ध्यान दिया की कुंवर उसे ही निहार रहा था और इस बात का शूबी को भी एहसास था लेकिन उसे कोई फर्क नहीं पड़ रहा था। तन्नू को थोड़ा असहज लगा और एक बार तो लगा की पार्टी में न जाने का कोई बहाना मार दे लेकिन अपने खुद के स्वार्थ के आगे विवश हो गयी। ऐसे माहौल और हाई क्लास पार्टी में जाने का मौका नहीं छोड़ना चाहती थी। घर में माँ को कहा कि ऑफिस से फ़ोन आया है और जाना पड़ेगा, वहाँ से घर चली जाऊँगी और फिर आप दोनों वहीँ आ जाना क्योंकि ऑफिस की ज्यादा छुट्टी भी नहीं कर सकती।

तन्नू की बात पर पापा ने कहा कि हम अभी चलते है , रात को अकेली कैसे रहोगी ?

नहीं पापा, अभी तो सीधे ऑफिस जाऊँगी, वहां मुझे देर हो जाती है, शायद कोई मीटिंग है इसलिए बुलाया है , आप कल आ जाना। कहते हुए तन्नू बैग उठा घर की और चल दी, शाम को पार्टी की तैयारी जो करनी थी, एक अच्छी सी ड्रेस भी तो लेनी थी। विनय को तो मैं फ़ोन पर बता दूँगी सब, उसी के लिए ही तो कर रही हूँ।

रास्ते में एक शोरूम से तन्नू ने एक वन पीस ड्रेस ली जो काफी आकर्षक थी। इस एक ड्रेस पर उसके छह हजार रूपये लग गए। साथ में मैचिंग सैंडल और एक हैंड बैग भी लिया। कुल मिलकर

ग्यारह हजार का खर्चा हो गया। एक शाम की पार्टी में जाने के लिए इतना खर्चा... एक बार तो तन्नू सोच में पड़ गयी लेकिन फिर पार्टी में जाने का लालच खर्चे पर भारी पड़ गया।

तन्नू ने शूबी को फ़ोन कर कहा की मुझे मेरे घर से लेते हुए जाए वो। क्यूंकी कपडे तो मेरे यहाँ थे और फिर मम्मी पापा का तो तुम्हे पता है ... उन्हें ऐसी पार्टीज पसंद नहीं और विनय की गैरमौजूदगी में वो मुझे कभी न भेजते इसलिए ऑफिस का बहाना कर यहाँ आयी हूँ। पर शूबी तुम कुंवर से यह सब न कहना... अच्छा नहीं लगता यार पता नहीं क्या सोचेगा मेरे बारे में।

अरे यार तू सोचती बहुत है, नहीं बताऊँगी ...पर अपना एड्रेस तो दे... कहाँ आना है लेने। और आठ बजे तक तैयार रहना।

अपने घर का पता दे तन्नू ने फ़ोन रख दिया।

शाम को ठीक सात बजे कुंवर और शूबी अपनी ऑडी कार में तन्नू को लेने आये , तन्नू ने औपचारिकतावश दोनों को अंदर आने को कहा जबकि मन से वह नहीं चाहती थी की उसके किराये के फ़्लैट में वो दोनों आएँ। शूबी बोली.. नहीं यार पहले ही देर हो रही है, ... बस अब तू जल्दी चल कहते हुए शूबी ने ड्राइवर को दरवाजा खोलने को कहा।

वेस्टर्न वन पीस में तन्नू बहुत ही आकर्षक लग रही थी और कुंवर की नजर उसी पर फिसल रही थी। मोरपंखी रंग तन्नू पर बहुत खिल रहा था और साथ में मैचिंग ब्लू सैंडल।

एक बारगी तन्नू की नजर कुंवर से टकराई और शर्म और झेंप से उसने गर्दन झुका ली।

क्या बात है तन्नू... आज तो तुम कयामत लग रही हो ..... बहुत प्यारी ड्रेस है।

लेकिन शूबी डिअर तुमसे ज्यादा नहीं .....यह जेट ब्लैक कलर आज भी तुम पर कितना आकर्षक लग रहा है... याद है कॉलेज पार्टी में भी तुमने ब्लैक साड़ी पहनी थी .... आज तुम उससे कही ज्यादा मोहिनी लग रही हो। बड़े खुश नसीब हैं कुंवर।

यह सुन कुंवर जोर से ठहाका लगा कर हंसा।

बाते करते करते एक बंगलेनुमा इमारत के आगे गाड़ी रुकी। शायद फार्म हाउस था कोई। शूबी तन्नू का हाथ पकड़ अंदर चली गयी और साथ में कुंवर भी। ड्राइवर पार्किंग में गाड़ी ले गया। सच में किसी का फार्म हाउस था यह। अंदर कदम रखते ही तन्नू की आँखे खुली रह गयीं। यूँ तो कई पार्टियों में गयी थी वो लेकिन यहाँ तो नजारा ही अलग था। क्या शानोशौकत थी..... बेशकीमती कपड़ों में सजे कुछ लोग। कहने को पार्टी थी लेकिन करीबन ६-७ कपल ही थे। हाथों में शराब के गिलास और मुँह से सिगरेट का धुआँ..... अजीब सा नशे का माहौल था। एक बार तो तन्नू को घबराहट होने लगी कि यह कहाँ आ गयी मैं। लेकिन जब शूबी और कुँवर ने सब से मिलवाया तो कुछ सामान्य हुई तन्नू। कुंवर ने तन्नू को ड्रिंक ऑफर की लेकिन तन्नू ने इंकार कर दिया और सॉफ्ट ड्रिंक के लिए आग्रह किया।

पार्टी शुरू हो चुकी थी। एक तरफ डांस फ्लोर पर दो चार जोड़े हल्की सी धुन पर नाच रहे थे, तन्नू ने भी एक सुविधाजनक जगह ढूंढ ली

बैठने को। बीच में कई बैरे बार बार आकर ड्रिंक्स और स्नैक्स पूछ जाते। शूबी ने बताया ये सब बहुत बड़े बिज़नेस घरानों से हैं। कइयों के तो कितने ही देशों तक बिज़नेस चलते हैं इन खुद ही हिसाब नहीं पता। इन्हीं पार्टीज में सारी बिज़नेस डील्स भी हो जाती हैं। वो जो फ्रेंच कट दाढ़ी में देख रही हो डांस फ्लोर पर, वो मिस्टर सक्सेना हैं ... उनकी शिपिंग कंपनी है और जो लेडी उनके साथ डांस कर रही है वो मिसेस काचरू हैं। इनके पति सक्सेना जी के पचास परसेंट के पार्टनर हैं।

तन्नू हैरानी वश देखती रही इन दोनों को। कहीं से भी नहीं लगता था कि ये किसी और के पति पत्नी हैं। डांस करते हुए कितने खुले तरीके से एक दूसरे के करीब आ रहे है। शूबी इनके पति-पत्नी ....मतलब मिसेस सक्सेना और मिस्टर काचरू पार्टी में नहीं है ?

तन्नू की बात पर शूबी मुस्कुराते हुए बोली ..... वो देखो जो सफ़ेद बालों में है, जिन्होंने ग्रे कलर का कोट पहना है ..... सोफे पर एक महिला के साथ बैठे हैं जिसने पिंक कलर की डीप नैक वन पीस पहना है ... वो लेडी मिसेस सक्सेना हैं और सफ़ेद बालों वाले जेंट्स मिस्टर काचरू हैं।

तन्नू की आँखे खुली की खुली रह गयी ...कैसे पति पत्नी एक दूसरे के ही सामने किसी और से फ़्लर्ट या शायद उससे भी ज्यादा कर रहे हैं पर किसी को कोई फर्क ही नहीं पड़ता और न ही समय है उस तरफ नजर उठाकर देखने की। कैसी सोसाइटी है यह .... तन्नू अनायास ही बोल पडी।

शश्श्श ....तन्नू जोर से नहीं बोलो .... ये सब हाई सोसाइटीज में आम बात है। हाई बिज़नेस क्लास सोसाइटी का अपना एक ख़ास कल्चर होता है। यहाँ तालाब में सब एक दुसरे के सामने नंगे हैं। कोई किसी के लिए मुफ्त में कुछ नहीं करता यहाँ .... ये सब बिज़नेस में गिव एंड टेक है। ये इनका अपना तरीक़ा है बिज़नेस डीलिंगस का।

शूबी ने आहिस्ता से तन्नू को समझाना चाहा।

तो क्या तुम्हारी सोसाइटी में रिश्ते ऐसे ही निभाते हैं ? ये तो बहुत गलत और अनैतिक है। हर कोई पैसा कमाना चाहता है, ऊँचा उठना चाहता है लेकिन इस तरह से सब कुछ खोकर तो क्या हाँसिल होता है ? मुझे तो कुछ समझ नहीं आ रहा ... क्या तुम भी यही सब करती हो ?

तन्नू ने शंकित होते हुए शूबी से पूछा ....?

मुझे कुछ अच्छा नहीं लग रहा शूबी .....मैं चलती हूँ, तुम लोग एन्जॉय करो।

फिर अचानक बात पलटते हुए तन्नू बोली ......

अच्छा तुम दो मिनट रुको मैं जूस ले आती हूँ और फिर ड्राइवर से कहूँगी तुम्हे घर छोड़ देगा। मैं फिर फुर्सत से तुमसे मिलती हूँ।

कहते हुए शूबी कुंवर को इशारा करती है और तन्नू की उलझन बताती है ....

कोई बात नहीं शूबी, शायद तन्नू पहली बार बाहर निकली है। तुम पार्टी एन्जॉय करो मैं खुद तन्नू को छोड़ आता हूँ।

कुंवर ने बेपरवाही से कहा.............

तन्नू तुम्हें कुंवर घर छोड़ आएँगे, तुम रिलैक्स हो जाओ फिर कल मिलते हैं कहते हुए शूबी बाहर तक तन्नू और कुंवर को छोड़ आयी।

कुंवर ने ड्राइवर को वहीँ इंतजार करने को कहा और खुद ड्राइविंग सीट पर आ गया। तन्नू के लिए ड्राइवर ने आगे का दरवाजा खोल दिया। सड़क पर आते ही कुंवर ने हल्के रोमांटिक सांग्स की सीडी लगा दी।

" रिम-झिम गिरे सावन, सुलग सुलग जाए मन

भीगे आज इस मौसम में, लगी कैसी ये अगन

रिम-झिम गिरे सावन ..."

कुंवर खुद भी गुनगुनाने लगा......

वैसे तन्नू तुम अचानक पार्टी से उठ क्यों आयी ? कुंवर ने तन्नू को एकटक देखते हुए पूछा ......

कुछ नहीं ....बस ऐसे ही ......मुझे थोड़ा अनकम्फर्टेबल लग रहा था।

अनकम्फर्टेबल ....मगर क्यों ? अरे हम तो कॉलेज टाइम के फ्रेंड्स हैं और फिर शूबी तो तुम्हारी जिगरी दोस्त है .... फिर अनकम्फर्टेबल क्यों ?

चलो छोडो... शायद तुम पार्टीज में आती जाती नहीं हो ज्यादा ? कोई बात नहीं धीरे धीरे आदत हो जाएगी।

कहते हुए कुंवर ने तन्नू के हाथ पर अपना हाथ रख दिया।

तन्नू ने आहिस्ता से झेंपते हुए अपना हाथ हटा लिया।

अरे अब क्या हुआ ...? यार तुम तो कितनी कन्सेर्वेटिव हो गयी हो ....अपनी सहेली शूबी को देखो ......मैं तो उसक पति हूँ लेकिन हमने एक दूसरे को पूरी स्पेस दी हुई है। और इसमें हर्ज भी क्या है ....हमे अपनी जिंदगी अपनी तरह से जीने का पूरा हक़ है। मर्द और औरत दोनों को ही हर बात में बराबर की स्वतंत्रता है। अगर मर्द अपनी जिंदगी अपने तरह से जीने की इच्छा रखता है तो औरत को भी तो यह अधिकार है और अब तो हमारा क़ानून भी औरत को इसकी स्वतंत्रता देता है।

कुंवर आप अलग माहौल में जीते हैं लेकिन हमे इस माहौल की न आदत है और न अपेक्षा ......।

अच्छा छोड़ो ..... शूबी कह रही थी की तुम चाहती हो कि विनय कहीं अच्छी जगह सेटल हो जाए ..... वो मुझे बता रही थी...... तुम्हारे सामने ही तो बात हुई थी। मेरे लिए यह कोई बहुत बड़ी बात नहीं है। वैसे वहां विनय हद से हद जनरल मैनेजर की पोस्ट तक पहुँचेगा लेकिन अगर तुम चाहो तो उसे उससे भी कहीं आगे पहुंचा दूँ। कुंवर ने तिरछी नजर तन्नू पर डालते हुए कहा ...

तन्नू जिज्ञासुत्तावश पूछ ही बैठी ....वो कैसे कुंवर ..?

अपने मूल्यों और लालच में कहीं न कहीं संघर्ष चल रहा था तन्नू के दिमाग में जो सब कुछ समझते हुए भी अनजान बना रहा था तन्नू को।

तन्नू जिंदगी में कुछ भी आसानी से नहीं मिल जाता ....सिर्फ मेहनत के बल पर आगे बढ़ने वाले बहुत दूर कहाँ जा पाते हैं। तुमने देखा ही होगा .....ऐसे लोग जिंदगी को घिसटते घिसटते गुजार देते है लेकिन जिंदगी का असली लुत्फ़ नहीं उठा पाते।बिज़नेस के अपने रूल्ज होते हैं ....सब कुछ गिव एंड टेक पर निर्भर करता है। अब तुम बताओ ...अगर विनय का बड़े अफसरों के साथ उठना बैठना और सम्बन्ध अच्छे होंगे तो विनय की तरक़्क़ी जल्दी होगी या सिर्फ मजदूर की तरह लगे रहने पर। तुम चाहो तो विनय धरती से आकाश पर चमकता सूरज बन जाए और तुम दोनों जिंदगी की ख़ूबसूरती का असल मजा लो।

बाते करते करते घर आ गया.....

कुंवर ने तन्नू की जांघ पर हाथ रख कहा ......

"तन्नू जीते तो सभी हैं, अपने आसपास दखो, कितने लोग हैं और महसूस करों, इनमे से कितने जी रहे हैं। बहुत कम दिखेंगे तुम्हे क्योंकि अधिकतर तो कीड़े मकोड़ों की तरह समय पूरा कर रहे हैं बिना किसी पहचान और सम्मान के।

अबकी तन्नू चाह कर भी कुंवर का हाथ अपने ऊपर से हटा नहीं सकी जैसे उसकी बातों के मोह पाश में धीरे धीरे फंस रही हो।

काफी देर हो चुकी थी, ताला खोल तन्नू अंदर गयी और लाइट जलाई, हालांकि यह वही फ़्लैट था जिसे उसने उसने अपनी रूचि अनुसार सजाया और घर बनाया था लेकिन जहाँ से वह आ रही थी वहां से अपने फ़्लैट का स्टेटस बहुत तुच्छ महसूस हो रहा था। उसे महसूस हो रहा था जैसे जो जिंदगी वो चाहती हैं वो चाहे तो कुछ कदम चलने पर ही मिल जाए और न चाहे तो उम्र भर भी न मिले। जैसे अब सब कुछ केवल उसके चाहने या न चाहने पर ही निर्भर हो। दौलत और ऐशो आराम की चाह का नशा अपना असर दिखाने लगा था।

फ्रेश हो अपने बिस्तर पर लेटी वह शूबी के बारे में सोचने लगी। कितनी बदल गयी हैं वो। कॉलेज के दिनों में भी वह काफी उन्मुक्त थी और कुंवर के साथ होते हुए भी दूसरे लड़कों की फलर्टिंग नजरें उसका मन मोहती थी जैसे अपनी खुशबू सब पर बिखेरना चाहती हो और कुंवर भी कभी उसपर बंधन नहीं कसता था। पोस्सेस्सिवनेस्स जैसी कोई चीज ही नहीं थी इन दोनों में। दोनों एक दूसरे के साथ थे फिर भी अपना जीवन अलग जीते थे बिना किसी की दखलंदाजी के।

लेकिन पर यह कैसा रिश्ता हुआ जहाँ एक दूसरे से प्यार भी हैं और एक दूसरे पर कोई अधिकार भी नहीं ? कहने को प्रेम था, प्रेम विवाह भी था लेकिन तीसरे की उपस्थिति से कोई सरोकार भी नहीं। फिर शादी का मतलब ही क्या रह गया ? यह तो निहायत गन्दगी हैं ....एक तरह से खुलेआम शरीर की खरीद फरोख्त हैं। समझ में नहीं आता दो लोग पति पत्नी के रूप में एक दूसरे को कैसे किसी तीसरे के साथ स्वीकार कर सकते हैं ?

जब ये दोनों अपने अंतरंग पलों में होते होंगे तो क्या इन्हे किसी तीसरे की छूअन का एहसास नहीं होता होगा ? कैसे इनका मन क्षुब्ध नहीं

होता होगा इस कल्पना से कि मेरे जीवन साथी को कोई तीसरा भी मेरे ही तरह छूता होगा। क्या इन लोगों की अंतरात्मा मर चुकी है या फिर ऐसे जोड़ों के बीच का प्रेम मर गया है ?

विनय को कोई देखे भी तो मुझसे कभी बर्दाश्त नहीं हो ...... और न ही विनय बर्दाश्त करे .....सिर्फ किसी तीसरे की उपस्थिति के शक मात्र से ही हम जैसे लोग या तो मर जाते हैं या मार देते हैं पता नहीं कैसी दुनिया में जीते हैं ये लोग। और ऐसी व्यवस्था को क़ानून भी अपराध नहीं मानता। कितना बड़ा खतरा मंडरा रहा है शादी ब्याह जैसी सामाजिक व्यवस्था और पुरुष महिला के आत्मीय, स्नेह और विश्वास से भरे संबंधों पर और उससे भी ज्यादा ऐसे जोड़ों से जन्म लेती नयी पीढ़ी पर। ऐसे लोग समाज को प्रेम की कौन सी नयी परिभाषा सिखाने में लगें हैं ? सोच सोच कर मेरा तो दिमाग ही फटा जा रहा है।

अरे .....पार्टी के चक्कर में आज विनय से भी बात करना भूल गयी।

सोचते सोचते तन्नू की आँख लग गयी .....

सुबह सुबह फ़ोन की घंटी से नींद खुली ......

अरे यार कहाँ थी तुम ..... तुम्हे फ़ोन की घंटी भी नहीं सुनी ..... कितनी बार किया फ़ोन मैंने ......फिर तुम्हारे घर पर किया फ़ोन तो पता चला ऑफिस गयी हो और ऑफिस किया तो तुम थी नहीं .... मैं कितना परेशान हो गया था...

विनय बिना रुके बोले ही जा रहा था ....

सच्ची विनय पता नहीं कैसे फ़ोन नहीं सुना मुझे ..... असल में कल शूबी जिद कर रही थी शाम को किसी फ्रेंड की बर्थडे पार्टी में जाने की

और तुम्हे तो मम्मी पापा का पता ही हैं इसलिए ऑफिस का बहाना कर के गयी थी ....पार्टी के शोर गुल में शायद फ़ोन की घंटी सुनायी न दी हो।

न जाने क्यों विनय से सच न कह पायी तन्नू (शायद मन में कहीं कुछ और उपज रहा था जो सच बोलने के आड़े आ गया या फिर अपने दिल में चोरी से दस्तक दे रहा एक ऐसा पाप था जो सच बोलने से रोक रहा था नहीं तो कोई कारण नहीं था कि इस तरह विनय से झूठ बोलना पड़े)

अच्छा ....कम से कम पहले ही मुझे फ़ोन कर देती तो मैं परेशान न होता ....और कैसी रही बर्थडे पार्टी ?

विनय ने इत्मीनान की सांस लेते हुए पूछा ......

ठीक थी, ज्यादा कुछ ख़ास नहीं। वैसे आज मम्मी पापा यहीं आ जायेंगे और तुम अब परेशान मत हुआ करो, मैं कोई बच्ची थोड़े हूँ। तुम बस सारा ध्यान अपने काम पर लगाओ और बहुत मेहनत करो अपनी ट्रेनिंग पूरी करने में ताकि कामयाब हो कर लौटो।

वो तो मैं कर ही रहा हूँ पर कुंवर से तुमने बात नहीं कराई, तुम कह रही थी न कि वो इस कंपनी के बोर्ड ऑफ़ मेंबर्स में से हैं .....उसके लिए तो चुटकी बजाने जैसा काम हैं यह ....वो चाहेगा तो सब हो जाएगा। तुम मौका लगते ही बात करना मेरी।

विनय ने हिदायत भरे अंदाज में कहा ..

हमम.... कहकर तन्नू ने फ़ोन रख दिया ...

(क्या जवाब देती तन्नू .....कि जो उसने सोचा था वो इतना आसान नहीं हैं ....शूबी और कुंवर उस दुनिया में रहतें हैं जहाँ कोई भी मुफ्त में किसी के लिए कुछ नहीं करता..........हर चीज की कीमत देनी पड़ती हैं।)

तन्नू बहुत अच्छे से समझ गयी थी उनकी दुनिया केवल वासना का बाजार हैं .....खुद को बेचो और बदले में कुछ भी ले लो। लेकिन मुझे दौलत-शौहरत इस कीमत पर नहीं चाहिए ....मैं विनय से सच्चा प्रेम करती हूँ....न मैं उसे धोखा दे सकती हूँ और न ही उसकी बेवफाई बर्दाश्त कर पाऊंगी कभी।

हम मेहनत से जो कमाएँगे वो ही हमारी पूंजी होगी।

तन्नू अपने आप से एक कमिटमेंट तो कर रही थी लेकिन कहीं न कहीं इस कमिटमेंट की डोर नाजुक सी प्रतीत हो रही थी। जैसे किसी छलावे में ड़ाल रही हो खुद को।

चाय पीकर थोड़ा घर की सफाई की और आराम से टीवी चला पिक्चर देखने लगी। ऑफिस से तो एक हफ्ते की छुट्टी ली ही थी शूबी की वजह से, पर अब अच्छा हैं मम्मी पापा इधर ही आ जाएंगे। कुछ मुझे भी आराम मिल जाएगा और उनका साथ भी ....।

दोपहर होते होते मम्मी पापा भी आ गए ....दिन का खाना मम्मी ने ही बनाया सबका। तन्नू कुछ खोई खोई सी लग रही थी।

मम्मी ने पूछा तो तबियत ठीक न होने का बहाना बना दिया।

6.

विनय और उसकी टीम के रहने का प्रबंध कंपनी के कम्पाउण्ड में बने गेस्ट हाउस में था। एक कमरे में दो व्यक्तियों के लिए पर्याप्त स्थान था। विनय का रूममेट सागर था।सागर भी शादीशुदा और एक बेटे का बाप था लेकिन थोड़ा करैक्टर का बदनाम था। इसलिए कभी ऑफिस में ज्यादा सम्बन्ध नहीं रखा विनय ने उससे, या यूं कहे कि कभी बोलचाल भी नहीं हुई। लेकिन यहाँ एक ही कमरे में रहने की वजह से दोनों में अच्छी खासी दोस्ती हो गयी थी। प्रतिस्पर्धी होने के बावजूद दोनों में एक दूसरे के प्रति अच्छी समझ बन गयी थी। ट्रेनिंग काफी सख्त थी, मनोरंजन की तो बात ही दूर, खाने के लिए भी मुश्किल से वक़्त मिल पाता था। प्राइवेट कंपनियां ऐसे ही थोड़े अपने कर्मचारियों को सुविधाएं प्रदान करती हैं, बदले में हाड़तोड़ मेहनत के साथ कंपनी को मुनाफ़ा भी देना पड़ता है नहीं तो दूध में से मक्खी की तरह निकाल फेंकने में देर नहीं लगाती। सख्त ट्रेनिंग से लौटने के बाद या तो टीवी या तो गप्पे .....बस यही साधन थे मनोरंजन के। खाना गेस्ट हाउस की पैंट्री से मिल ही जाता था।

तकरीबन एक माह हो गया था घर से दूर ....पूरी ट्रेनिंग के दौरान छुट्टी की इजाजत नहीं थी इसलिए घर जाना भी मुमकिन नहीं था। कुछ ख़ास ही कारण या बीमारी हो तो अलग विषय था। शादीशुदा आदमी के लिए तो कहो संन्यास ही था। वो कहते हैं न अच्छी संगत का प्रभाव चाहे जल्दी न पड़े मनुष्य पर लेकिन बुरी संगत बहुत जल्दी अपना शिकंजा जकड लेती है। कुछ यूं ही विनय के साथ होने लगा। सागर के चरित्र के छींटें विनय को भी दागदार करने लगे। इस दौरान

अपना अकेलापन और थकान उतारने के मकसद से विनय ने सागर के साथ वीकेंड पर थोड़ा ड्रिंक्स लेना शुरू कर दिया। सागर तो पहले से ही ड्रिंक्स का आदि था लेकिन विनय ने कभी शराब छुई भी नहीं थी इसलिए एक दो पैग में ही हालत खस्ता हो जाती। फिर इतवार काफी सुस्ती भरा रहता।

आज भी शनिवार था, ट्रेनिंग से गेस्ट हाउस लौटे तो सागर ने कहा ....

विनय यार बड़ी बोर सी हो गयी है जिंदगी ... बस गधे की तरह लगे रहो ....न घर जा सकते है न बीवी बच्चों से मिल सकते है। ये तीन महीनों की सख्त मेहनत का नतीजा तो चाहे कितना फलदार हो लेकिन फ़िल्हाल सजा से कम नहीं है .....क्यों, क्या कहते हो तुम ?

बात तो सही कह रहे हो यार सागर पर क्या करें ...... आगे बढ़ने के लिए मेहनत तो जरूरी है । नतीजा जो भी हो पर यह तो तय है कि नौकरी का स्तर तो कुछ बढ़ेगा ही। तनख्वाह बढ़ेगी सो अलग। रहने को मकान भी मिल जाएगा क़ाबलियत अनुसार और यह भी छोटी बात तो नहीं की सेलेक्ट किये हुए लोगों की लिस्ट में हमारा नाम भी शामिल था।

विनय बोला ...

सच कह रहे हो ......पर हैं तो इंसान ही हम ....कभी कभी फ्रस्ट्रेशन बढ़ जाती है .....। कल छुट्टी तो है ही चलो कहीं बाहर घूम कर आते हैं .....किसी पब में चलते हैं वहीँ एक दो ड्रिंक्स भी हो जाएँगी और थोड़ा मौहोल भी बदल जाएगा .....कभी कभी इतना खर्चा भी कर लेना चाहिए अपने ऊपर।

हँसते हुए सागर बोला ......

यार सागर मैं कभी आज तक पब नहीं गया ....हम मिडिल क्लास लोग ऐसी आदतों से दूर ही रहे तो अच्छा वर्ना एक बार लत लग गयी तो घर परिवार के खर्चे कैसे चलेंगे .... मुट्ठी भर पैसों में या तो ऐब पाल लो या घर संसार बसा लो।

विनय समझाने के लहजे में बोला.....

तुम भी कमाल हो यार विनय ....थोड़ा दुनिया के हिसाब से बदलो खुद को .....कहाँ अपने ही खोल में जीते रहते हो ....। मैं भी तो तुम्हारे ही साथ नौकरी करता हूँ तुम्हारी तरह शादीशुदा हूं, साथ ही बेटा भी है एक ....घर भी ठीक ठाक चला लेता हूँ ...लेकिन अपने शौक पूरे करने में कमी नहीं छोड़ता। जब हम खुद ही सुखी नहीं रहेंगे तो परिवार या औरों को क्या सुखी रखेंगे। और फिर इतनी मेहनत करने के बाद अपनी जरूरत और खुशी के लिए पैसे खर्चना तो हमारा जन्मसिद्ध अधिकार है। अब ज्यादा ज्ञान न बघारो और जल्दी से तैयार हो जायो ......ज्यादा है तो आज का खर्चा मैं कर दूँगा।

खर्चे की तो कोई ख़ास बात नहीं बस यही लगता है कि शौक लत न बन जाए ....अच्छा चलो फिर.... ....मैं पांच मिनट में तैयार होकर आया।

कहकर विनय वाशरूम चला गया .....

शहर दोनों के लिए ही अनजान था इसलिए दोनों फ़ोन में गूगल गुरु पर सर्च कर एक साधारण बजट के पब में चले गए। अंदर का माहौल बड़ा रंगीन था। एक जगह एक उस्ताद अपने शागिर्दों के साथ बैठे

श्रृंगार रास से पूर्ण गीत गजल गा रहे थे और दूसरी तरफ ५-६ कमसिन लडकियां तर्ज पर नाच रहीं थीं। विनय और सागर भी खाली जगह देखकर बैठ गए ....ड्रिंक्स के आर्डर दिए और उस्ताद जी की गजल सुनने में मशगूल हो गए। वो अलग बात थी की कानों से ज्यादा आँखे ज्यादा सुकून पा रहीं थीं। माना विनय थोड़ा शरीफ था पर ब्रह्मचारी तो था नहीं .... जीवन का यह पहला तजुर्बा था इसलिए कुछ झेंप जरूर थी लेकिन मौका मिलते ही नाचती लड़कियों को चोर निगाहों से देख लेता। लड़कियाँ नाचती नाचती कभी किसी कस्टमर के पास चली जातीं तो कभी किसी के पास .....और लोग इन कमसिन हसीनाओं पर अपनी हैसियत अनुसार रुपये वार देते। विनय और सागर की टेबल पर जब एक लड़की नाचते नाचते पहुँच गयी तो सागर ने एक पचास का नोट उसको पकड़ा दिया .... और पैसे की चाह में वो लड़की नाचते नाचते विनय के गले में बाहें डाल उसकी गोद में बैठ गयी .... विनय की हालत देखने लायक थीं एक अजनबी लड़की, इतने करीब ...उसका दिल तेज तेज धड़कने लगा.....शर्म और झेंप की आभा माथे पर चमक रही थीं जिसे देख सागर हंस पड़ा और अपनी जेब से एक और पचास का नोट निकाल उस लड़की वर वार दिया ....और लड़की भी मुस्कुराते हुए विनय को देखती हुई चली गयी।

एक - डेढ़ घंटा बिता... विनय ने अपनी झिझक मिटाने के प्रयोजन से एक दो पैग ज्यादा ही ले लिए। उसके बाद दोनों गेस्ट हाउस की तरफ हो लिए।

कैसा रहा तुम्हारा पहला अनुभव मिस्टर विनय ....सागर ने विनय को छेड़ने के लहजे से पूछा।

विनय कुछ न बोला केवल मुस्कुराकर रह गया।

जो भी हो लेकिन हकीकत तो यही थीं विनय को यह अलग सी दुनिया बहुत मोहक लगी थीं। बस फिर तो हर शनिवार की शाम पब के नाम होने लगी । पहले रोज तन्नू से फ़ोन पर बात होती थी फिर धीरे धीरे हफ्ते में १-२ बार छूटने लगा। अब मन की सीमायें अपना विस्तार जो कर रहीं थीं, इस विस्तार में तनु के साथ साथ बहुत कुछ समाने लगा। फिर एक दिन ऐसा भी हुआ कि तन्नू का प्यार किसी और के साथ बंटने लगा। क्लब में एक लड़की जूही थी जो धीरे धीरे विनय के नजदीक आती गयी। यह नजदीकी कब अंतरंग संबंधों में बदल गयी पता ही न चला । सागर इन सभी ऐबों का शायद पहले से ही आदि था इसलिए उसके लिए सब बहुत आम था। वो इन लड़कियों की फितरत बहुत अच्छे से जानता था, कि जब तक जेब में पैसा तब तक ये परियाँ तुम्हारी ....और जेब खाली तो ये भी गायब।

इसलिए सागर ने विनय को पहले ही आगाह कर दिया था कि तन की बात और है लेकिन मन के बंधन मत बाँध बैठना किसी से। पीछा छुड़ाना मुश्किल हो जाएगा। बैठे बिठाये घर बिगड़ने की नौबत आ जाएगी। लेकिन विनय अभी बहुत कच्चा था और व्यवहार से अभी भी कहीं न कहीं ईमानदार और सीधा था इसलिए महज आकर्षण और हवस को प्रेम समझ जूही से दिल लगा बैठा। ऐसा नहीं था कि तन्नू से दिल के बंधन कमजोर हो गए थे ....बस जरा से ढीले हो गए थे क्योंकि थोड़ा सा झुकाव अब घर के बाहर भी हो गया था।

खैर सागर समझ गया था कि विनय समझेगा तो सही पर ठोकर खाये बिना नहीं और गनीमत यह थीं कि इस प्रेम के जूनून में ज्यादा समय बर्बाद नहीं हुआ। इतना रईस तो विनय था नहीं जो रोज रोज

ऐसी नखरे वालियों के नखरे और खर्चे उठा सके और कोई बेहयाई की मूरत क्यों कर अपना टाइम ख़राब करती जेब के फकीरों के साथ। इसलिए जूही ने जल्द ही पल्ला झाड़ लिया उससे। कुछ दिन तो वह बेहद उदास रहा लेकिन सागर जो साथ था ....जल्द ही वो फिर अपने ढर्रे पर वापिस आ गया।

जिंदगी ने एक नया रुख ले लिया था। विनय जो अब तक काफी सीधा और शर्मीला था अब थोड़ा खुले मिजाज का हो गया। जूही के बाद अब उसे लड़कियों से बात करने या नजदीक आने में ज्यादा समय न लगता। उसने जीवन के इस दृष्टिकोण को धीरे धीरे स्वीकार करना शुरू कर दिया था कि अपनी खुशियों कि लिए जीना सबसे बड़ी प्राथमिकता है, उसके बाद ही हम दूसरे को खुश रख सकते हैं। (अब यह दृष्टिकोण विवादस्पद हो सकता है अपने अपने मतानुसार, लेकिन यहाँ तो विनय इसी दृष्टिकोण का अनुयायी हो रहा था) अब अक्सर कोई न कोई उसका हमबिस्तर हो ही जाता। पीना...ऊपर से लड़कियों का शौक.... खर्चे बढ़ने लगे। विनय के लिए मल्टीनेशनल कंपनी की ठीक ठाक नौकरी जो अभी तक पर्याप्त से ज्यादा ही थी, अब बहुत छोटी और सीमित आय वाली हो गयी थी। जो रूपया पहले बचता था वो अब ऐयाशियों पर खर्च हो जाता, पर हैरानी की बात यह थी कि विनय यह सब समझ ही नहीं पा रहा था कि वो किस राह चल दिया .....और समझता भी कैसे ....बुराई तरह तरह से अपना मोहपाश अच्छाई पर कसती है और अच्छाई खुद कब बुराई बन जाती है यह पता ही नहीं चलता।

फोन की घंटी से विनय की नींद खुली ......तन्नू का फ़ोन था ......काफी गुस्से में थी ....

विनय, कौन सी दुनिया में हो तुम ....एक फ़ोन भी नहीं कर सकते ....यहाँ मैं चिंता में लगी रहती हूँ और जब मैं फ़ोन करती हूँ तो उठाते भी नहीं ।

तन्नू यार ....आज छुट्टी का दिन है ....अभी तो उठा भी नहीं था ....और तुमने सवालों की झड़ी लगा दी। तुम्हे पता तो है कितनी सख्त ट्रेनिंग है। सारा दिन थक जाते हैं बुरी तरह से, कभी कभी तो देर रात तक काम करना पड़ता है ....अब गेस्टहॉउस पहुंचकर तो हिम्मत ही नहीं बचती कि डिनर भी ठीक से हो जाए ......आँख लग जाती है और जब सुबह उठता हूँ तो फिर भागदौड़। अब बताओ क्या करूँ मैं ?

विनय ने झुंझलाकर एक ही सांस में सफ़ेद झूठ बोल दिया और वो भी बड़ी सफाई से।

अरे गुस्सा क्यों हो रहे हो ....मैं तो ऐसे ही कह रही थी .....चिंता हो जाती है। कितने दिन हो गए तुम्हे गए हुए ....एक फ़ोन ही तो है जिससे तुम्हारा हालचाल पता चल जाता है। जब फ़ोन भी नहीं मिलता तो परेशानी तो लाजमी है।

तन्नू ने अपनी चिंता जताई।

डेढ़ महीने में ही सब कुछ कैसे तेजी से बदल रहा था ....जो इतने सालों से साथ थे और आज जीवन साथी थे ...जिन्होंने कभी एकदूसरे से कुछ छिपाया न हो आज कैसे बेझिझक झूठ बोलने लगे थे।

इधर उधर की साधारण बातचीत के बाद विनय ने फोन रख दिया। और फिर तकिये में मुँह छिपा लेट गया।

सागर अब तक उठ चुका था .....बोला....

उठ जाओ यार अब तो नाश्ते का टाइम भी ख़तम होने को है ... फिर तो लंच ही मिलेगा सीधा......।

अलसाया सा विनय मुँह हाथ धोकर टी शर्ट पहन लेता.... चलो पहले नाश्ता ही कर आतें है ....नहा बाद में लेंगे। अब छुट्टी वाले दिन तो टाइम टेबल फॉलो नहीं होता ।

7.

ट्रेनिंग का समय पूरा हुआ और अब दिल्ली वापिस जाना था। मुंबई ब्रांच के लिए किसको कौन सी जिम्मेवारी मिलनी थी यह दिल्ली में ही बताया जाना था। अपनी अपनी औपचारिकताएँ पूरी कर टीम दिल्ली को रवाना हो गयी । ट्रेनिंग के बाद ऑफिस की तरफ से पूरी टीम को एक हफ्ते की छुट्टी दी गयी। विनय अब अपने घर में था ...तन्नू के साथ ....सोच रहा था, यह तीन महीने की जिंदगी कभी नहीं भुला सकता ....कितनी हसीन थी जिंदगी और वक़्त का पता ही नहीं चला कैसे बीत गया। मानों तो दुनिया कितनी बड़ी है और न मानों तो इंसान केवल अपने तक ही सिमटा रहता है सारी जिंदगी। सच ही तो कहा है किसी ने, जिंदगी को भरपूर जियों ...मरने के बाद किसने देखा कौन कहाँ है।

घर वापिस आते ही धीरे धीरे जिंदगी फिर अपनी रफ़्तार में आ गयी। वही ऑफिस, वही घर, बीवी और घड़ी से बंधी जिंदगी। आज तक यही तो जिया है विनय ने ....लेकिन अब उसको यह बंधा बंधा सा जीवन नहीं भा रहा था। बेसब्री से इंतजार था ट्रेनिंग के नतीजों का, और बहुत हद तक यकीन भी था कि शायद उसका ही सिलेक्शन हो जाए ....और फिर तन्नू ने भी तो शूबी से बात की ही है। बचपन की यारी इतना भी न साथ दे तो फिर क्या फायदा ऐसे दोस्तों का।

तन्नू...... तुम्हारी शूबी और कुंवर से फिर बात हुई क्या ?

टीवी देखते देखते विनय ने पूछा ......

नहीं ....क्यों...क्या हुआ ..?

तन्नू ने पूछा ...

अरे ......तुम खुद ही तो कह रही थी कि कुंवर हमारी कंपनी के बोर्ड ऑफ़ मेंबर्स में से हैं और तुमने मेरे बारे में भी बात की थी ....तुमने कहा भी था कि कुंवर के लिए कोई बड़ी बात नहीं है ......अब पूछ रही हो ...क्या हुआ ...।

बात नहीं हुई क्या तुम्हारी फिर ..?

विनय ने हैरानी से पूछा ......

हाँ ... बात तो हुई थी लेकिन वो लोग अब बहुत बड़े लोग हो गएँ हैं ....बहुत पैसे वाले ....पता नहीं लेकिन मुझे कुछ अनकम्फर्टेबल सा लगा उस दिन मिल के ....इसलिए फिर दोबारा बात ही नहीं की। जिस माहौल में ये लोग रहते हैं वहां अलग ही पैमाने हैं रिश्ते निभाने के।

तन्नू ने पूरी बात न बताते हुए बात गोल मोल सी कर दी ......

तन्नू यार .....तुम भी कौन सी दुनिया में जी रही हो ....लोग तो अपने काम निकलवाने के लिए गधों को भी बाप बना लेते हैं और तुम हो कि अपनी ही बचपन की सहेली से बात करने में इतना सोच रही हो। उनका जीने का तरीक़ा जो भी होगा, इससे हमे क्या लेना देना .....लेकिन अगर उनकी मदद से हम जिंदगी में ख़ास मुकाम पा सकते हैं तो हर्ज ही क्या है। और उस दिन तो तुम मुझे सिखा रही थी, कि ऐसे लोगों से सम्बन्ध बनाकर रखना चाहिए। और वैसे भी आज के दौर में सब एक दूसरे को सीढ़जँ बनाकर ही ऊपर उठते हैं नहीं तो

छानते रहो सड़को की धूल और घूमते रहो आदर्शों की गठरी बना सर पर रख। किसके पास समय है किसी को देखने का।

विनय झुंझलाकर बोला ......

तन्नू विनय को देखती रह गयी ....यह कौन सा विनय है ....मेरा विनय तो बहुत शांत और सब्र वाला था। ऐसा तो नहीं था यह कभी। तीन महीने की दूरी ने ही इसे कितना बदल दिया है।

अच्छा तुम ऐसा करो शूबी से बात करो और उन्हें खाने पर बुलाओ ....मैं अपने आप देख लूँगा कैसे बात करनी है।

विनय ने सलाह दी .....

लेकिन घर पर क्या अच्छा लगेगा उन्हें बुलाते ? वो लोग बहुत हाई क्लास हैं ....मुझे नहीं जँँची तुम्हारी बात। तुम थोड़ा इंतजार कर लो ....क्या पता तुम्हारा ही नाम सेलेक्ट हो जाए ....वो लोग तो मुंबई में रहते है आजकल .... जब वो लोग दिल्ली होंगे तो समय देखकर फिर मिल लेंगें।

तन्नू ने बात टालने के नजरिये से कहा ....

और अगर नाम न आया फिर ..,?

विनय ने शंकित स्वर में पूछा।

नहीं ....मुझे लगता है पहले ही बात कर लेनी चाहिए। तुम ऐसा करो, शूबी को कहो कि मैं मिलना चाहता हूँ ...बहुत दिन हो गए मिले हुए .....कहीं बाहर होटल में मिलने से अच्छा घर में ही मिलना रहेगा।

एक समय अच्छे दोस्त रहे हैं हम सब ....घर पर बुलाने में मुझे नहीं लगता कोई हर्ज है। तुम फ़ोन मिलाओ शूबी को ....

कहते हुए विनय ने तन्नू का मोबाइल उसके हाथ में पकड़ा दिया ......

अरे कल आराम से बात कर लेंगें ....अभी इतनी जल्दी क्या है .....तन्नू ने खीजते हुए कहा।

कल की जगह अगर आज ही बात हो जाए तो भी क्या नुक्सान है ....विनय ने बहस के अंदाज में कहा।

हार कर तन्नू को शूबी को फ़ोन मिलाना पड़ा ....

हैलो.......

हैलो........ तन्नू मेरी जान ......क्या हाल है ?

उस दिन के बाद तो तुम गायब ही हो गयी ......मुझे लगा शायद तुम्हे कुछ बुरा लग गया और इसलिए मैंने भी फ़ोन नहीं किया ...।

दूसरी तरफ से शूबी फ़ोन पर बोली .....

नहीं शूबी ......ऐसा कुछ नहीं है ...तुम्हे बताया तो था कि विनय ट्रेनिंग पर गए हैं और फिर मम्मी पापा मेरे पास ही आ गए थे रहने के लिए .....ऊपर से मेरी जॉब ....बस टाइम ही नहीं लगा ......

मन के भाव छिपाते हुए तन्नू ने कहा ....

चलो कोई बात नहीं ....और बताओ कैसे याद आयी हमारी .....।

शूबी बोली ....

विनय ट्रेनिंग से आ गए हैं.....फ़ोन पर इन्हे जब तुम्हारे और कुंवर के बारे में बताया तो कहने लगे की वापिस पहुँचने पर मिलने का प्रोग्राम बनाएँगे........दो दिन से कह रहे हैं कि डिनर पर बुला लो .....बहुत समय हो गया मिले हुए।

अब बताओ कब मिल रहे हो तुम दोनों ....?

तन्नू ने कहानी सी बनाते हुए पूछा .....

विनय आ गया है तो मैडम हमारी भी बात कराओ ....हम भी तो दोस्त रहें हैं ....शूबी ने मजाक के मूड में कहा ...।

लो विनय शूबी से बात करो........तन्नू ने फ़ोन विनय को पकड़ा दिया।

हेलो ...शूबी ...कैसी हो भई......तन्नू तुम दोनों की बहुत तारीफ़ कर रही थी ....मैंने सोचा मेरा भी तो हक़ बनता है तुम्हारे दर्शनों का ....बोलो कब आ रहे हो हमारे यहाँ .....? वैसे अभी मुंबई में हो या दिल्ली में ...?

विनय ने बड़े ही मजाकिया और सहज भाव में शूबी से कहा ....

अभी तो दिल्ली में ही हैं ...... मम्मी के घर पर ...... तन्नू से मुलाकात हुई थी ....फिर वो अपने घर पहुँच गयी और हम अभी भी यहीं कब्ज़ा जमाये बैठें हैं ....शूबी भी हँसते हुए बोली।

कुंवर से तो बात कराओ ...... एक अरसा हो गया मिले हुए .....

विनय शूबी से बोला........

अभी तो किसी पार्टी में गए हैं ....देर से ही आयेंगें ...... बात क्या करानी है, सीधे तुम्हारे घर ही ले आऊँगी........बोलो कब धावा बोले तुम्हारे घर ?

शूबी बोली ....

कभी भी आ जाओ ....तुम्हारा अपना घर है ....वैसे अभी मेरी पांच दिन की छुट्टी बाकी है ......तुम लोग ऐसा करो, परसो का बना लो .....डिनर पर ....पर ये न हो कि बस डिनर के टाइम ही आओ.......शाम को जल्दी आना .....गप शप के साथ कुछ ड्रिंक्स वगैरह लेंगे और फिर डिनर ....ठीक है ..?

ठीक है.....मेरी तरफ से पक्का ......बस एक बार कुंवर से कल कन्फर्म कर लूँ....,कहीं कोई पहले का प्रोग्राम फिक्स न हो ....तुम्हे कल दिन तक कन्फर्म करती हूँ।

शूबी बोली ....

अब ये तुम्हारे हाथ में है ....पत्नी की हाँ में ही पति की हाँ होती है ....तुम कहोगी तो कुंवर क्यों मना करेगा ....

विनय बोला।

अच्छा बाबा परसों पक्का ....परसों शाम तक पहुँच जाएँगे ..... कहकर शूबी ने फ़ोन रख दिया।

तन्नू सोचने लगी कि विनय ने तो कभी शराब हाथ तक नहीं लगाई और ये कह रहा है गप शप के साथ ड्रिंक्स लेंगे .....पागल तो नहीं हो गया है .....।

विनय तुमने कभी आज तक पी है जो कुंवर के साथ पीओगे ....उन लोगों कि लिए शराब तो सॉफ्ट ड्रिंक्स की तरह है ......लेकिन तुम्हे अगर ड्रिंक सूट न की और बहक गए तो बेकार में इमेज ख़राब हो जाएगी। सोच के तो बोला करो ...।

तुम इन सब की चिंता मत करो ....बस खाने का इंतजाम अच्छा रखना। तुम्हे नहीं पता ......इस तरह के लोगों से मेल जोल बढ़ाने के लिए अपनी दकियानूसी सोच को छोड़ना पड़ता है। थोड़ा ज़माने के साथ चलेंगे तभी समाज में फिट बैठ पाएँगे........वर्ना रह जाएँगे ख्वामख्वाह की दार्शनिकता में। और तुम तो इतनी कन्सेर्वेटिव कभी नहीं थी ..... फिर कहाँ फालतू की बातों में फंस रही हो।

अपना हुलिया भी कुछ अप टू डेट करो। अच्छी खासी मॉडर्न लड़की थी और मेरे जाने के बाद तो तुम बिलकुल बहनजी लगने लगी हो ..।

अब जब मैं दुनियादारी समझने लगा हूँ जैसा तुम हमेशा चाहती थी तो तुम्हारी समझ को न जाने क्या हो रहा है।

तन्नू विनय की हर बात से अचंभित हो रही थी । ये तो सच था कि जब से शूबी और कुंवर से मिलकर आयी थी उसे आधुनिकता का अर्थ कुछ विषम लगने लगा था इसलिए आजकल सादगी से जीना ज्यादा भाने लगा था। पर क्या वह सच में बहनजी लगने लगी थी ...? उठकर एक बार शीशे में देखा खुद को तो सच में पहले वाली तन्नू जैसी नहीं थी वह .... लगा जैसे तन्नू में विनय और विनय में तन्नू परिवर्तित हो रहा था।

तन्नू ने सुबह ऑफिस भी जाना था ......सोचा विनय की ट्रेनिंग की पूरी टीम को मुंबई तो शिफ्ट होना ही है ...पोस्ट चाहे कोई भी मिले

.......यानी मेरे पास एक महीना है ....,अपने ड्यूस क्लियर करने के लिए। मुंबई में ट्रांसफर के लिए तो तन्नू को कंपनी ने मना कर दिया कि अभी वहां कोई वैकन्सी नहीं है इसलिए एक ही रास्ता था की यहाँ रिजाइन कर दे और मुंबई की किसी कंपनी में अप्लाई करे।

अगर वो अभी रिजाइन कर लेती है तो महीने भर तक उसके सारे ड्यूस क्लियर हो जाएँगे ....नहीं तो फिर कहाँ इतनी जल्दी दिल्ली लौटना होगा। सोचा कल सुबह ही रिजाइन कर दूंगी ...और घर आ जाऊँगी, तभी बेफिक्री से आगे की प्लानिंग होगी।

विनय मैं सोच रही हूँ कल रिजाइन कर दूँ।

तन्नू बोली ...

हाँ हाँ ....इसमें सोचना क्या है .....देखो किसी भी सूरत में मुंबई तो जाना ही है, जितनी जल्दी हो सके यहाँ हिसाब किताब पूरा करो फिर मुंबई एक बार सेटल हो जाएँगे तो वहाँ अपने प्रोफाइल के हिसाब से जॉब देखना।

डिनर कर दोनों सोने की तैयारी करने लगे ......तन्नू के बिस्तर पर आते ही विनय रोमांटिक हो गया लेकिन तन्नू इतने समय के अंतराल के होने की वजह से कुछ झेंप सी रही थी। विनय तन्नू के नजदीक आया और उसे अपने आगोश में ले लिया ....।

तन्नू के बदन की महक विनय को बीती रातों में ले गयी जो उसने अलग अलग लड़कियों के साथ गुजारी थी। तन्नू ने महसूस किया कि विनय कुछ ज्यादा ही कामुक हो गया है। लेकिन तीन महीने के

अंतराल के बाद विनय की नजदीकी ने तन्नू को भी कुछ पल के लिए बेसुध कर दिया। और दोनों एक दूसरें में खो गए।

ऑफिस में आज रिजाइन कर तन्नू काफी भावुक हो गयी थी। बहुत अच्छा सर्किल बन गया था यहाँ, लेकिन क्या करती ...मजबूरी थी। अपनी सारी चीजें बाईंड अप कर तन्नू घर आ गयी। विनय घर पर ही था। थोड़ी देर रेस्ट कर फटाफट घर को थोड़ा साफ़ सुथरा किया ...कल शूबी जो आ रही थी। खाने का मेनू डिसाइड कर दोनों शॉपिंग के लिए चले गए।

विनय मैं सोच रही हूँ सोफे के कुशन कवर नए लेते हैं और डाइनिंग टेबल की मैट्स भी। इतने में ही घर का लुक काफी हद तक नया हो जाएगा ....

तन्नू ने कुछ सोचते हुए कहा ....

हाँ हाँ ले लो ....ऐसा करो तुम सामान खरीदो, मैं जरा थोड़ी देर में आया ......मदर डेरी पर ही मिल जाऊँगा तुम्हे ।

कहता हुआ विनय बाइक स्टार्ट करने लगा ....

अरे कहाँ जा रहे हो अब ......बाद में चले जाना ।

तन्नू ने रोकते हुए कहा ....

आया बस १० मिनट में ।

कहता हुआ विनय निकल लिया।

तन्नू कुशन और मैट्स खरीद पनीर लेने मदर डेरी पहुँच गयी। २-४ मिनट में विनय भी पहुँच गया।

सारी शॉपिंग हो ही गयी थी ।

विनय ने तन्नू से सामान के थैले लिए और बाइक पर लटका दिए। एक पैकेट अखबार में लिपटा हुआ तन्नू को पकड़ाया और संभालकर पकड़ने को दिया।

क्या है इस पैकेट में ?

तन्नू ने हैरानी से पुछा ....

कुछ नहीं , लीकर की बोतल है।

विनय बोला ....

तन्नू बिना कुछ बोले चुप चाप बोतल पकड़ कर बाइक के पीछे बैठ गयी और आधे घंटे में दोनों घर पहुँच गए।

अरे यार ....देखा , बिलकुल ध्यान ही नहीं रहा .....ड्रिंक्स के लिए गिलास तो लाये ही नहीं ।

कहता हुआ बाइक की चाबी ले विनय फिर बाहर निकल गया ....

शाम हो ही चुकी थी और कल शाम तक शूबी को आ ना था ...यानी कुछ ही घंटे थे और काम बहुत ज्यादा।

तन्नू ने जल्द ही कुशन कवर बदले और डाइनिंग टेबल को साफ़ कर नयी मैट्स रख दीं ऊपर। एक नजर अपने घर पर दौड़ा तन्नू को सुखद एहसास हुआ। अब बस नया डिनर सेट निकाल कर साफ़

करना बाकी था , अब बस खाने की तैयारी रह गयी जो कल ही होगी।

सोचते हुए तन्नू थोड़ी देर सोफे पर बैठ गयी। इतने में विनय भी आ गया और क्रिस्टल के गिलास और जग सजाकर कार्नर टेबल पर रख दिए। तन्नू देख रही थी कि विनय कहीं से भी खर्चे में कटौती के मूड में नहीं है। इतना दिखावा तो वो पहले कभी नहीं करता था। हमेशा चादर देखकर पैर फैलाने की बात करता रहता था।

अगले दिन तन्नू सुबह जल्दी उठकर फ़टाफ़ट रोजमर्रा के काम निपटाने लगी, ऊपर की सारी तैयारियाँ तो कर ही ली थी अब बस खाना ही बनाना था। चाइनीज़ थीम ध्यान में रख डिशेज़ बनायीं गयीं। शाम चार बजे तक सारा काम निपटा फ्रेश होने के लिहाज से वह थोड़ी देर लेट गयी। विनय अलमारी से अपने कपड़े निकालने लगा और तन्नू को भी कहा कि कोई अच्छी सी वेस्टर्न ड्रेस पहन ले।

कपड़े निकालते हुए उसका ध्यान तन्नू की मोरपंखी कलर की ड्रेस पर गया।

अरे तन्नू , यह ड्रेस तुमने कब ली ....बहुत ही अपीलिंग है .....आज इसे ही पहन लो तुम।

विनय बोला ...

तन्नू को ध्यान आया कि उस दिन भी तो यही ड्रेस पहनी थी ......आज फिर यही ..... अच्छा लगेगा कोई ....शूबी सोचेगी मेरे पास

एक ही ड्रेस है ....लेकिन विनय की जिद कि आगे उसे वो ही ड्रेस पहननी पड़ी।

इस ड्रेस में उस दिन भी तन्नू बहुत सुन्दर लग रही थी और आज भी ....विनय उसे देखता ही रह गया ।

अरे वाह , क्या बात है ! तन्नू तुम तो बहुत सेक्सी लग रही हो, .कहते हुए विनय तन्नू के होंठों के करीब आ धीरे से चूम गया उसे।

तन्नू भी हौले से मुस्कुरा दी ।

एक बार सारी तैयारी पर नजर डाल दोनों मिया बीवी शूबी और कुंवर का इंतजार करने लगे। करीबन पैंतालीस मिनट के बाद डोर बेल बजी।

तन्नू ने दरवाजा खोला तो सामने सजे धजे एक दम अप टू डेट शूबी और कुंवर दोनों खड़े थे। दरवाजा खुलते ही तेज परफ्यूम की सुगंध अंदर तक फ़ैल गयी । शूबी के हाथ में एक पैकेट था जो उसने तन्नू को पकड़ाया और उससे अँग्रेजी स्टाइल में गले मिली। कुंवर के हाथ में लाल गुलाब का बड़ा सा गुलदस्ता था। अंदर आकर उसने तन्नू को गुलदस्ता पकड़ाया जिस दौरान उसकी उँगलियाँ तन्नू की उँगलियाँ को छू गयी। तन्नू ने एक दम अपनी उँगलियाँ हटा लीं । शूबी विनय से भी उसी तरह गले लगी जैसे तन्नू के , और विनय की साँसों में गहराई तक शूबी के बालों और परफ्यूम की महक बस गयी। विनय को मिलने का यह अंदाज बड़ा सुखद लगा।

और बताओ विनय क्या हाल चाल हैं ? सच में यार आज तो कॉलेज के दिन याद आ गए।

कुंवर बोला ....

सच कह रहो यार कुंवर , कितने हसीं दिन थे ....क्या मस्ती करते थे हम लोग ....लगता था बस यही दुनिया है।

विनय बोला......

हम्म्म्म .....लेकिन हम तो आज भी आजाद पंछी की तरह जीते हैं। नो किच किच ...नो झिक झिक।

शूबी बोली.........

हाँ यार, हम तो आज भी वैसे ही हैं। कमाने में भी कमी नहीं और ऐश में भी कमी नहीं ....खुलकर जीना पसंद है हमे तो।

कुंवर बोला........

तन्नू अभी चुप चाप बैठी थी ....

और विनय कैसे चल रही है तुम्हारी जिंदगी ....

कुंवर फिर बोला........

बस यार ठीक ठाक है , तुम्हारी तरह तरक़्क़ी तो नहीं कर पाया लेकिन दाल रोटी मजे में चल रही है।

विनय बोला........

वो भी कर लोगे, .वो कौन सी बड़ी बात है । अब देखो, पापा का बिज़नेस मैंने संभाल लिया। उन्होंने अपनी तरह से कारोबार बढ़ाया और मैं अपनी तरह से चलता हूँ। लेकिन उन्हें खुशी है की मैंने

बिज़नेस का टर्न ओवर बढ़ाया है कम नहीं होने दिया। इसलिए अब वे भी बेफिक्र हैं। इकलौता लड़का हूँ, जैसे भी करना है मुझे ही करना है सब।

कुंवर बोले जा रहा था ....

खुश किस्मत हो तुम यार।

विनय ने जवाब दिया.........

किस्मत तो है ही विनय लेकिन उसके लिए तुम्हारी सोच भी मायने रखती है। तुम जो सोचते हो वो पा ही लेते हो।

कुंवर बोला ......

तन्नू सब के लिए कुछ स्नैक्स और जूस लेने किचन में चली गयी और शूबी भी उसके साथ हो ली।

अरे शूबी तुम बैठो न मैं कर लूंगी।

तन्नू शूबी को रोकते हुए बोली ....

यार बेकार में फॉर्मेलिटी मत कर इतनी , याद है कॉलेज में हम अक्सर साथ रहते थे और बचपन से साथ खेलकर बड़े हुए हैं। तू तो ऐसे कर रही है जैसे मैं कोई वी आई पी मेहमान हूँ ।

शूबी ने झूठी नाराजगी जाहिर करते हुए कहा ....

ठीक है , मेहमान न सही लेकिन वी आई पी से कम भी तो नहीं है अब ।

तन्नू हँसते हुए बोली ....

कमरे से कुंवर की आवाज आ रही थी।

विनय जिंदगी में आगे बढ़ने के लिए चाहत बहुत जरूरी है। तुम चाहत तो बनाओ, रास्ता मैं दिखाऊँगा। तन्नू ने शूबी से जिक्र किया था तुम्हारे मुंबई वाले प्रोजेक्ट के लिए। ये तो बहुत छोटी सी पोस्ट है , मुझसे मिलते जुलते रहा करो , इससे कहीं आगे बढ़ जाओगे जिंदगी में।

कुँवर बोले जा रहा था ....

विनय बहुत ध्यान से सुन रहा था .....

इतने में तन्नू और शूबी जूस और स्नैक्स ले आये।

विनय ने देखा तो बोला ...

ये जूस सिर्फ लेडीज के लिए , हम लोग अपनी ड्रिंक्स लेंगे। क्यों, कुंवर साहब ठीक है न ....

हाँ हाँ क्यों नहीं ....कुंवर बोला

विनय ने तन्नू को फ्रिज से सोडा और बर्फ लाने का इशारा किया और खुद क्रिस्टल का नया सेट निकाल टेबल पर सजा दिया।

शूबी आज तुम ड्रिंक्स में हमारा साथ नहीं दोगी ..?

कुंवर ने पुछा ......

मैं तो दे दूँ लेकिन तन्नू ड्रिंक्स नहीं लेती, इसलिए उसको भी तो कंपनी देनी जरूरी है। आज हम दोनों सहेलियां जूस ही पियेंगी।

हँसते हुए शूबी बोली ....

विनय हैरान हो गया शूबी की बात सुनकर । उसे लगा तन्नू का ड्रिंक्स न लेना छोटे स्टेटस की निशानी है। पर अभी वो चुप ही रहा।

इधर उधर की बाते होने लगी ......किस्से कहानियों के सिलसिले शुरू हुए। शूबी और कुंवर के बिंदास खुलेपन से विनय बहुत प्रभावित हो रहा था। मन ही मन सोचने लगा, यही तो है जिंदगी ...पति पत्नी से ज्यादा दोस्त लगते हैं दोनों ओर से किसी पर कोई बंधन नहीं। क्या शानोशौकत है, पैसा तो पैसा उसपर जीवन साथी भी कितना सहज । एक दूसरे को कितनी स्पेस देते हैं दोनों। पता नहीं कभी हमारी जिंदगी भी ऐसी होगी या नहीं।

आज फिर ऐसा लग रहा था जैसे विनय में तन्नू है और तन्नू में विनय घर कर रहा है। लोभ उन्हें अपने उसूलों से भटकाने में सफल हो रहा था। विनय ने निश्चय कर लिया था कि वो भी बहुत पैसा कमाएगा। यह कोई जीना थोड़े ही न है ....छोटी छोटी चीजों को लेकर मन मारते रहो ......एक ही तो जीवन मिलता है फिर क्यों न अपनी मर्जी से जियें। विनय अपनी सोच में डूबा हुआ था । साढ़े दस हो गए तो तन्नू ने डिनर लगा दिया। कुंवर तन्नू के हाथ की चाइनीज़ खाने की तारीफ़ ही किये जा रहा था। शूबी भी हाँ में हाँ मिल रही थी। तन्नू को भी अपनी पाक कला पर गर्व हो रहा था। खाना खाते और बतियाते बतियाते करीब सवा ग्यारह हो गए।

अब चलते हैं तन्नू , मिलते रहना अब दोबारा मत गायब हो जाना।

शूबी बोली .....

हाँ भई अब चलते हैं विनय, बाकी अब तुम निश्चिंत रहो ....तुम्हारा काम हो जाएगा। बस मिलते रहना, फिर देखो जिंदगी कहाँ से कहाँ पहुँचती हैं।

विनय और तन्नू बाहर तक दोनों को छोड़ने आये तो बाहर ड्राइवर एक चमचमाती गाड़ी में इंतजार कर रहा था। लम्बी गाड़ी देख विनय का दिल गुदगुदाने लगा। दोनों के जाने के बाद तन्नू से बोला ...देखना तन्नू अब जिंदगी कैसे करवट बदलती हैं। आज तक तो मैंने कभी इस और ध्यान ही नहीं दिया कि लाइफ में एक स्टेटस का होना कितना जरूरी हैं। लेकिन अब देखना जो जिंदगी तुम चाहती थी वो जल्द ही तुम्हारी मुट्ठी में होगी। दुनिया भर का ऐशोआराम तुम्हारी झोली में होगा।

विनय अपनी धुन में बोले जा रहा था और तन्नू उसका मुँह देख रही थी।

8.

जिंदगी में किसी का मिलना या बिछड़ना बिना वजह नहीं होता, आज इस बात पर पूरा यकीन हो गया है। बहुत विश्वास था विनय को कि उसकी मेहनत और ईमानदारी उसे कामयाबियों के रास्ते दिखाएगी लेकिन आजकल के मतलबपरस्त जहान में मेहनत के साथ और बहुत कुछ चाहिए आगे बढ़ने के लिए। सीधे रास्ते बेफिक्री की रोटी तो खा सकते हो लेकिन अगर जिंदगी से अपेक्षाएँ ज्यादा हैं तो फिर गुजर नहीं। ये तो कुंवर की एप्रोच थी जिनकी बदौलत विनय कंपनी की मुंबई ब्रांच में जनरल मैनेजर अप्पॉइंट हो गया नहीं तो सुनने में यही आ रहा था कि मिसेज राशि ही कार्यभार संभालेंगी। आखिर उन्हें आगे बढ़ने के लिए मर्दों को सीढ़ी बनाने का खासा अनुभव और शौक था। इसलिए अचानक विनय का नाम सुनकर सब चौंक गए थे, यहाँ तक की सागर भी। अब सागर और बाकी कर्मचारी उसके अधीन थे, वो कर्मचारी जो अभी तक उसके साथ ही काम करते रहें हैं। विनय अभी तक बिज़नेस की टैक्टिस और प्रोफेशनल बिहेवियर से अनजान था। कुंवर के साथ उसकी नजदीकी बढ़ने लगी। विनय के लिए कुंवर से नजदीकियां बनाने के ख़ास वजह तो अपने सपनों को पूरा करने के लिए प्रोफेशनली आगे बढ़ने था लेकिन कुंवर भी पक्का बिजनेसमैन था। बिन मुनाफा वह अपने सेज के लिए भी कुछ नहीं करता था। अब विनय से जुड़ने के पीछे वह क्या मंशा पाले बैठा था यह समझना अभी मुश्किल लग रहा था। विनय के दिमाग में तो उसकी छवि एक उदारवादी दोस्त की थी जो उसे जिंदगी में आगे बढ़ने के लिए मदद करना चाहता था। छोटे

मोटे आर्थिक लालच देकर और अपने साथ हाई क्लास क्लब्स और पार्टीज़ में विनय को शानोशौकत का एहसास कराकर कुंवर उसे इस लाइफ स्टाइल का आदी बना रहा था या यूँ कहें कि उसे दौलत के नशे की लत लगा रहा था। और इस लत के जाल में वो जाने अनजाने एक शिकार की तरह जकड़ता जा रहा था।

जिंदगी अपनी राह चल रही थी। ठीक ठाक कंपनी का बंगला, गाड़ी, ड्राइवर और घर की देखभाल कि लिए कंपनी से मिले दो नौकर ....जीने का तरीक़ा ही बदल गया था। तन्नू को भी अच्छा लगता जब सुबह उठते ही बेड टी उसके कमरे में पहुँच जाती। न किचन के काम की चिंता और न घर की सफाई की। तन्नू को शुरू से ही ऐसी जिंदगी बहुत आकर्षित करती थी लेकिन शूबी और कुंवर से शादी के बाद पहली मुलाकात ने उसपर से आधुनिकता का भूत कुछ समय कि लिए उतार दिया था। इंसान तो इंसान है, उसकी असली फितरत कभी नहीं जाती इसलिए धीरे धीरे तन्नू के सोये हुए अरमान फिर से जागने लगे। ऐशोआराम की ख्वाहिश उसूलों को दफ़न कर आकाश में उड़ना चाहती थी , जिसकी शुरुआत हो चुकी थी। महीने की सैलरी के आलावा जब विनय बीच बीच में रुपयों की गड्डी लाता तो तन्नू के ख्वाब पंख लगाकर और ऊंचे उड़ने लगते। ऐशो आराम का सभी कुछ तो था उसके पास जो भी उसने चाहा था। लेकिन कहते हैं न पेट की भूख एक सीमा के बाद मर जाती है लेकिन पैसे की भूख आख़िरी सांस तक भी नहीं मरती बल्कि और बढ़ती जाती है। और फिर जो एक बार पैसे के समुन्दर में गोते खाने लग जाते हैं...... और वो भी नए नए रईस तो अच्छे बुरे की समझ पर परदे पड़ने लगते हैं।

करीबन छह महीने गुजर गए। कुंवर ने चीन जाना था, एक नया ऑफिस खोला था वहाँ। उसने विनय को ऑफर दिया कि वो उसके साथ चले। विनय के लिए यह पहला मौका था अपने देश से बाहर जाने का। लेकिन बीस दिन की ट्रिप के लिए ऑफिस से छुट्टी लेना थोड़ा मुश्किल लगा। पर क्योंकि कुंवर खुद ही कंपनी का एक वरिष्ठ हिस्सा था इसलिए विनय की यह दुविधा भी शीघ्र ही ख़त्म हो गयी।

मैं भी चलूँ साथ विनय ?

घर पहुंचकर जब विनय ने तन्नू को चीन जाने के बारे में बताया तो वह भी चहककर पूछ बैठी...........

पर मैं तो कुंवर के साथ जा रहा हूँ और वो भी उसी के खर्चे पर। फिर मैं तो उसके साथ बिज़ी रहूँगा। वो खुद अकेला जा रहा है तो क्या अच्छा लगेगा की तुम साथ चलो ? शूबी उसके साथ होती तो अलग बात थी ।

विनय बोला......

तुम कुंवर से बोलो शूबी को भी ले चले ....इसी बहाने हमारी आउटिंग भी हो जाएगी .....फिर हम अभी तक हनीमून के लिए भी तो नहीं जा पाए ।

तन्नू ने अनुरोध किया .....

तन्नू अच्छा नहीं लगता मेरा पूछना। तुम शूबी से खुद ही बात कर के क्यों नहीं देख लेती। अगर उसका इरादा है जाने का साथ तो मुझे क्या प्रॉब्लम है , तुम भी चलना फिर।

विनय बोला ......

तन्नू ने शूबी को फ़ोन मिलाया और उसको राजी कर लिया साथ चलने को। काम का काम हो गया और घूमना फिरना अलग। चारों चीन के इंटरनेशनल एयरपोर्ट पहुँच बीजिंग के आलिशान होटल पहुँचे। ६:३० घंटे की नॉनस्टॉप फ्लाइट तन्नू के लिए डर, थकान और खुशी का मिलाजुला अनुभव थी। तन्नू का यह पहला हवाई सफर था जबकि विनय का दूसरा। अगले दिन काम के सिसिले में काफी भागदौड़ करनी थी इसलिए आज दोनों कपल्स अपने अपने कमरे में आराम करते रहे। रात को डिनर पर जब नीचे होटल के हॉल में मिले तो माहौल देखने लायक था। पैसे की चमक चारों तरफ चांदनी की तरह बिखर रही थी। तरतीब से लगे टेबल्स और उसपर चमचमा रही कटलरी ......कोन में रखा ब्रास का चमचमाता बड़ा सा ड्रैगन और छत पर झूमरों की छटा खुद को भी शाही होने का एहसास दे रहा था। डिनर कर चारों होटल से बाहर सैर करने चले गए ......अभी तक तन्नू कुंवर से ज्यादा खुली नहीं थी लेकिन अब धीरे धीरे चारों का आपस में कम्फर्ट जोज बजजे लगा था। इसलिए हंसी मजाक से लेकर गंभीर विषय भी अब बेझिझक और बिन पर्दा चारों के बीच जगह लेने लगे।

अगले दिन सुबह जल्द ही कुंवर और विनय लाइट ब्रेकफास्ट कर निकल गए और शूबी तन्नू को ले बीजिंग के माल्स में शॉपिंग करने चली गयी। कुछ कास्मेटिकस और ड्रेसेस ले लंच के लिए वहीँ फ़ूड पॉइंट पर रुक गयीं। कुंवर का फ़ोन आया की रात को देर से होटल पहुँचेंगे। अब दोनों फ्री थी और रात तक का टाइम था उनके पास, जब समझ नहीं आया कि अब और क्या करें तो वापिस होटल पहुँच

गयीं। शूबी ने तन्नू को अपने कमरे में ही बुला लिया। इधर उधर की बातें करते करते बाते ज्यादा पर्सनल होने लगी।

शूबी एक बात पूछूँ ?

तन्नू ने झिझकते हुए कहा ...

तुम्हे कब से इजाजत की जरूरत पड़ने लगी , बोलो क्या बात है ?

शूबी ने बिंदास स्वर में कहा.......

कुंवर और तुम्हे देखकर लगता है जैसे आज ही तुम्हारी शादी हुई है । इतने फ्रेश कैसे रह लेते हो दोनों एक दूसरे के साथ ? न कभी कोई झगड़ा न मन मुटाव , न ही कोई शिकायत । हमे भी ऐसा कोई मन्त्र दे दो ।

तन्नू ने बड़े उत्सुकता से कहा ....

तन्नू की बात पर शूबी हंस पड़ी।

मन्त्र ....? एक पल के लिए शूबी सोचते हुए बोली, हां, तन्नू मन्त्र तो है पर तुम्हारे और विनय के बस का नहीं है।

क्यों बस का नहीं है ? हम क्या इंसान नहीं है है तुम्हारी तरह जवान नहीं है। अब तुम सच में बहुत बड़ी बड़ी बाते करने लगी हो।

तन्नू मुँह बनाती हुई बोली.....

अरे नहीं तन्नू, ऐसी कोई बात नहीं। अच्छा चलो , यह बताओ तुम्हे समस्या क्या है ? क्या विनय और तुम्हारे बीच रिलेशन ठीक नहीं है ?

शूबी ने गंभीर होते हुए पूछा ......

नहीं यार ऐसा कुछ खास नहीं है ......विनय मुझे किसी बात के लिए नहीं टोकता और ऐसा भी नहीं है कि वो मुझे प्यार नहीं करता लेकिन पता नहीं क्या होता जा रहा है। जब से विनय काम के चक्कर में ज्यादा बिज़ी रहने लग गया तब से हमारे बीच जो पहले आकर्षण था वो ख़त्म होता जा रहा है। जैसे पहले एक दूसरे के नजदीक आने का बहाना ढूंढते रहते थे अब पास होते हुए भी सब फॉर्मैलिटी सा लगता है। हमारी शादीशुदा निजी जिंदगी तो बस औपचरितका बनकर ही रह गयी है।

तन्नू आँखे नीची कर उदासीन भाव् में बोले जा रही थी .....

हम्ममम्म ....तो यह बात है। ऐसा सभी के साथ होता है तन्नू, कुछ बदलते वक़्त के साथ बदलते रिश्तों को अपना लेते हैं तो कुछ नहीं। कुछ लोग अपनी जिंदगी को केवल अपने तरीके सी जीना पसंद करते हैं बिना किसी रिश्तों के बंधन के। कुछ रिश्तों में तो बंधते हैं लेकिन नित अपनी जिंदगी के साथ नए नए प्रयोग करते रहते हैं। सबका जिंदगी जीने का अपना फलसफा है। और ये तो तुमपर निर्भर करता है कि तुम किस तरह से जीना चाहते हो। अब अगर तुम मुझसे पूछती हो तो हमारा भी अपना एक फलसफा है जीने का। चलो ......तुम्हे एक चीज दिखाती हूँ ....आज टाइम भी है और हम अकेले भी । लेकिन एक बात पहले बता रही हूँ कि जो भी कहना हो वो आखिर में कहना ....बीच में नहीं ...समझी।

शूबी तन्नू को समझाते हुए बोली.......

शूबी ने एल ई डी पर यूट्यूब खोल एक इंग्लिश मूवी लगाई और आराम से तन्नू की गले में बाहें डाल बैठ गयी देखने।

पहला सीन .....

एक कमरे में एक मैरिज काउंसेलर एवं साइकोलॉजिस्ट क्लिनिक में बैठी है। टेबल के दूसरी तरफ एक महिला और पुरुष ...उम्र तकरीबन पैंतीस चालीस वर्ष। दोनों पति पत्नी है।

डॉक्टर से अपनी सेक्सुअल प्रोब्लेम्स डिसकस कर रहे है। कपल के अनुसार वे एक दूसरे में शारीरिक आकर्षण की अनुभूति खोते जा रहे हैं। रिश्तों में न कोई तकरार है और न ही तनाव। बस अजीब सी स्थिरता आ गयी है दोनों के बीच। शादी से बाहर आकर्षण महसूस होता है लेकिन अपने साथी के प्रति नहीं, जबकि दोनों ही एक दूसरे को दिलोजान से प्रेम करते हैं। डॉक्टर उन्हें अपनी पर्सनालिटी ग्रूमिंग और एक्सरसाइजेज की सलाह देती है। उन्हें कुछ टिप्स देती है जिससे वो एक दूसरे के साथ क्वालिटी टाइम बिता सकें। उन्हें फिर दोबारा तीन महीने के बाद आने के लिए कहती है।

दूसरा सीन ....

डॉक्टर फिर अपने रूम में बैठी है और टेबल की दूसरी तरफ फिर वही पति पत्नी। उनसे बीते तीन महीने के दौरान उनके शादीशुदा रिश्तों के बारे में सवाल किये जा रहे हैं । अबकी दोनों मिया बीवी पहले से फिट और अप टू डेट दिखते हैं लेकिन समस्या अभी भी पहले जैसी ही थी। डॉक्टर काफी देर खामोश रहती है। फिर उन्हें कुछ समझाती है।

थोड़ी देर में डॉक्टर की असिस्टेंट आती है और मिया बीवी को दूसरे कमरे में ले जाती है जहाँ उन्हें वो स्क्रीन पर एक वीडियो देखने को कहकर वीडियो प्ले कर चली जाती है। वीडियो देख दोनों काफी हैरान होते हैं। एक घंटे बाद असिस्टेंट फिर आती है और दोनों को डॉक्टर के पास वापिस उसके कमरे में ले जाती है।

अबकी डॉक्टर दोनों के चेहरे के हाव भाव पड़ने की कोशिश करती है। और उनसे पूछती है की उन्हें मूवी कैसी लगी । इस सवाल पर मिया बीवी दोनों ही झेंपते हुए से खामोश रहते हैं।

डॉक्टर उन्हें अबकी समझाती है और वीडियो दिखाने का मकसद बताती है।

उन्हें सोचने की लिए समय देती है और अगले हफ्ते उन्हें दोबारा आने को कहती है। दोनों कमरे से चले जाते हैं।

उनके चले जाने पर डॉक्टर कहीं फोन करती है।

अगले हफ्ते फिर दोनों मिया बीवी क्लिनिक पर पहुँचते है। डॉक्टर उनसे बात करती है और टेबल पर रखी बेल बजती है। डॉक्टर की असिस्टेंट के साथ एक और महिला पुरुष आते हैं और मिया बीवी के साथ वाली चेयर्स पर ही बैठ जाते हैं।

डॉक्टर दोनों जोड़ों का परिचय कराती है।

डॉक्टर बताती है कि सेम प्रॉब्लम इनके साथ है। और कई बार इस तरह की नीरसता को रिश्तों से हटाने के लिए रिश्तों में कुछ प्रयोग करने पड़ते हैं। लेकिन इससे पहले आपको खुद को मानसिक और भावनातमत रूप में तैयार करना पड़ता है। यहां कोई जबरदस्ती नहीं

हैं, सब कुछ आपकी इच्छा और सहमती पर निर्भर करता है। आप चारों को मेरी असिस्टेंट एक कमरे में छोड़ कर आएगी, उसके बाद आपका निर्णय है कि आपको क्या करना है। मै आप से कुछ घंटों बाद यहीं मिलूंगी।

असिस्टेंट चारों को कमरे में ले जाती है ....थोड़ी देर चारों चुप बैठे रहते हैं और फिर धीरे धीरे एक ही रूम में चारों एक दूसरे के साथ सेक्सुअली इन्वॉल्व होने लगते हैं। शुरू के कुछ क्षण अपराध बोध और झेंप में बीतते हैं लेकिन उसके बाद सारी शर्म हया भूल वे चारों एक दूसरे के पार्टनर्स के साथ सैटिस्फाई होते हैं। उस उन्मादक और एक बेहद अलग अनुभव के बाद वे कुछ झेंपते और अपने अपने साथी से नजर चुराते हुए .....अपने को समेटने की कोशिश करते हुए चारों दोबारा सायकोलॉजिस्ट के रूम में आ जाते हैं।

डॉक्टर उन्हें बैठने का इशारा करती है।

डॉक्टर काफी देर तक चारों के चहरे पढ़ने की कोशिश करती है ......वह महसूस करती है जैसे चारों के चहरे पर अपराधबोध का एहसास है लेकिन साथ ही संतुष्टी का भाव भी साफ़ है। पहले वाली कुंठा अब नहीं झलक रही थी।

वह पहले जोड़े से पूछती है कि आपको पिछले कुछ घंटों में क्या अनुभव हुआ।

लेकिन दोनों पति पत्नी नजरे नीची कर खामोश रहे।

वह फिर दूसरे जोड़े से पूछती है कि आपको पिछले कुछ घंटों में क्या अनुभव हुआ।

दूसरे जोड़े की प्रतिक्रिया भी पहले जोड़े जैसी थी।

डॉक्टर थोड़ी देर शांत रहकर चारों को सम्बोधित करते हुए कहती है ....

देखिये हम सब बहुत ही साधारण मनुष्य हैं जो कि अपने ही बनाये विचारों और उसूलों की एक परिधि में बंद होकर जीते हैं। इसपर हमे समाज के अपने प्रति दृष्टिकोण की भी चिंता रहती है। हममे से कई तो इसप्रकार के बंधे जीवन मूल्यों के साथ पूरा जीवन व्यतीत कर देते हैं जो कि सरहानीय है।

लेकिन हममे से कुछ ऐसे भी होते हैं जो इस तरह से जीने में घुटन महसूस करते हैं और कुंठाओं का शिकार होते हैं । हमारा दाम्पत्य जीवन और सेक्स लाइफ भी ऐसी ही होती है। इस विषय में रजनीश ओशो के विचार भी सरहानीय हैं। सभी कहते हैं कि एक आदर्श शादीशुदा रिश्ता वह है जिसमे पति पत्नी मानसिक एवं जिस्मानी तौर पर एक दूसरे के लिए ही हो। लेकिन हकीकत इससे काफी अलग है। क्यूंकि यह हमारी निजी पसंद और सोच है। कुछ लोग अपना तमाम जीवन अपने साथी के नाम पर ही गुजार देते हैं और कुछ ऐसे भी होते हैं जो यदि हादसे वश किसी साथी की मृत्यु हो जाए तो खुद भी आत्महत्या कर लेते हैं। इनमे से कुछ ऐसे भी हैं जो अपने साथी से बेइंतेहा प्यार करने के बावजूद भी बाहर शारीरिक सम्बन्ध बनाने से परहेज नहीं करते। यहाँ बात मर्द और औरत दोनों की है।

यह सिर्फ मानसिकता का खेल है। क्या अच्छा है या क्या बुरा यह निर्णय लेने वाला कोई व्यक्ति बाहर नहीं बैठा ...यह तो हमारा अंतर्मन

और हमारे साथी के साथ हमारी अंडरस्टैंडिंग है जो यह निर्णय लेती है कि वो दोनों जो भी परस्पर सहमति से कर रहे हैं वो गलत है या सही।

धीरे धीरे चारों की झेंप ख़त्म हो रही थी और बहुत ही ध्यान से इस विषय को समझने की कोशिश कर रहे थे।

देखिये आप एक उदाहरण से समझे ....हम शराब की बात ही लेते हैं ....बहुत लोग इसे छूना भी पाप समझते हैं लेकिन कुछ लोग शौकिया तौर पर कभी कभी इसका सेवन करते हैं। कुछ तो ऐसे है जो अपने जीवन साथी के साथ पहले एक दो पैग लेते हैं और फिर अपनी सेक्स लाइफ एन्जॉय करते है। और कुछ ऐसे भी हैं जो इतना अधिक पीते हैं कि उनके लिए शराब जीवन कि लिए खतरा बन जाती है।

अब इसमें आप किस तरह के शराब पीने वालों को सही बताएँगे ? यहाँ तो सब ही अपने अपने हिसाब से सही हैं लेकिन अगर सामाजिक रूप से देखा जाए तो जो व्यक्ति शराब को बीमारी का रूप देकर अपने और अपने परिवार के लिए एक बीमारी बन चुका है वही व्यक्ति गलत है। बाकी तो न खुद को हानी पहुंचा रहे हैं और न समाज को तो उसमे कोई भी स्थिति गलत कैसे हो सकती है।

चारों अब काफी हद तक नार्मल हो चुके थे और डॉक्टर की बातों से प्रभावित भी हो रहे थे और कहीं कहीं अपराधबोध से मुक्त भी।

डॉक्टर फिर कहना शुरू करती है ...... इसी तरह से दो व्यक्तियों के बीच शारीरिक सम्बन्ध भी परिभाषित होते हैं। चार दीवारी के भीतर व्यक्ति अपनी शारीरिक क्षुधा को किस प्रकार तृप्त करना चाहता है यह उसका और उसके सम्बंधित साथी का निर्णय है जिसमे कोई और

न अपनी धारणा बना सकता है और न ही किसी को इससे कोई औचित्य होना चाहिए।

आप दोनों कपल्स की समस्या यही थी कि सब कुछ सामान्य होने के बावजूद आप दोनों का शारीरिक सम्बन्ध को लेकर आकर्षण ख़त्म हो चुका था। आप लोग एक दूसरे से प्रेम तो करते हैं लेकिन सेक्स के दौरान अलगाव महसूस करते है। भावनात्मक समर्पण है लेकिन शारीरिक समर्पण के दौरान भावनाये निष्क्रिय हो जाती हैं। लेकिन बाहरी व्यक्ति के बारे में सोचने पर यही भावनाएं क्रियाशील हो जाती हैं।

यानी समस्या शारीरिक नहीं केवल मानसिक थी। लेकिन अपने साथी से बेवफाई का डर आपको कहीं बाहर खुलने भी नहीं देता था। और आप चारों ही इसी सोच के दायरे में बंधे थे।

पिछले कुछ घंटों में आपने जो कुछ अनुभव किया मुझे पूरा यकीन है कि इसके बाद आपकी एक दूसरे के प्रति मानसिक ग्रंथियाँ और बेहतर तरीके से खुल जाएँगी और एक दूसरे के प्रति शारीरिक आकर्षण भी निश्चित तौर पर लौट आएगा। अब मैं चाहूँगी कि आप लोग अपनी राय दें और यदि कोई संशय है तो बेजिझक पूछें।

चारों कुछ पल तक खामोश रहे और फिर एक पुरुष ने हौले से कहा की वाकई यह एक अलग और उत्साहजनक अनुभव था।

डॉक्टर ने चारों को १५ दिन बाद आकर अपनी जिंदगी का अनुभव बताने को कहा।

चारों एक दूसरे से मिलकर और फ़ोन नंबर शेयर कर अपने अपने घर चले गए। रास्ते भर कुछ चुप्पी बनी रहने के बावजूद घर पहुंचकर चारों अपने अपने जीवन साथी के साथ इस तरह से लिपटे जैसे पहली बार एक दूसरे के तन को छुआ हो।

इस सीन के साथ ही यह मूवी ख़त्म हो गयी......

एक दूसरे को परायी बाहों में प्रेमासित्त होते हुए देखने की ईर्ष्या थी या क्या था लेकिन बहुत समय बाद एक दूसरे की देह का आकर्षण और गंध दिलों दिमाग तक फ़ैल चुकी थी।

मूवी खत्म हो गयी मगर तन्नू की तन्द्रा भंग नहीं हुई....वह सम्मोहित सी अभी तक एल ई डी के स्क्रीन को ही देख रही थी।

"केवल तन्नू ही नहीं, लेखिका होने के नाते शादी के उपरान्त शारीरिक संबंधों कि ऐसी परिभाषा ने मुझे भी अंदर तक हिला दिया था।

ये कौन सा समाज है जो इस तरह के सम्बन्धो की स्वीकृति देता है ? समाज तो छोड़ो, कैसे पति पत्नी अपने जीवन साथी को जिससे हम रिश्ते में व्याप्त हर तरह की ईमानदारी की अपेक्षा करते हैं, किसी दूसरे की बाहों में प्रेमालिंगन करते देख सकते हैं ? और ऐसा करने के बाद हम किस तरह से अपने खुद के निजी रिश्ते तारो ताज़ा महसूस कर सकते हैं। मेरे हिसाब से तो यह अंगारों से भरा खेल है। लेकिन इस मूवी में वो डॉक्टर जैसे उन जोड़ों को समझा रही थी और और यंत्रवत से वो जोड़ें उसके अनुसार चल रहे थे .....और आखिर में फिर अपने अपने साथी के साथ फिर शारीरिक तौर पर आकर्षित होते हैं .....यह सब कुछ मुझे असहज कर रहा है। पता नहीं तन्नू की क्या

प्रतिक्रिया होगी लेकिन मेरे लिए यह सब स्वीकारना बहुत ही मुश्किल है। मेरे संस्कार और मेरी आत्मा ऐसे रिश्तों को कभी नहीं स्वीकार सकती।"

खैर शूबी तन्नू को हिलाकर उसकी तन्द्रा भंग करती है।

तन्नू के चहरे पर मिले जुले भाव हैं। वह शूबी से पूछती है ......

शूबी उस दिन जब विनय ट्रेनिंग पर था और मैं तुम्हारे साथ एक पार्टी में गयी थी वहां भी तो कुछ कुछ ऐसा ही नजारा था न ....वहां पर लोग कैसे एक दूसरे के हस्बैंड वाइव्स के साथ सरेआम सबके सामने ही फ़्लर्ट कर रहे थे या शायद उससे भी ज्यादा जैसे ....।

"शूबी जो इस मूवी में देखा है क्या यह सब तुमने भी किया है कभी ?"

तन्नू बेहद उत्सुकता भरे स्वर में शूबी से पूछती है ....

तन्नू, जिंदगी को जैसे जीना चाहोगे जिंदगी तुम्हारे सामने वैसा ही रूप बन कर आ जाएगी। और तुम इन सब बातों को इतनी संजीदगी से क्यों लेती हो। यह सब तो लाइफ का एक पार्ट है और इसे एन्जॉय करना चाहिए।

शूबी ने बड़े बेपरवाह मगर थोड़ा सतर्क होते हुए कहा जिससे तन्नू उसे गलत न समझने लगे ....

एन्जॉय......?

क्या इसे तुम एन्जॉय करना कहती हो.....? प्रॉस्टीट्यूशियन और इसमें फर्क ही क्या है। बस वहां पैसे के बदले देह समर्पित की जाती है और

यहाँ ....सो कॉल्ड एन्जॉयमेंट के लिए.......। तुम्हे क्या लगता है ....अगर मियां बीवी के शारीरिक संबंधों में ठहराव आ जाए तो यही एक तरीक़ा है फिर से तरो ताज़गी लाने का ?

मैं इस बात से बिलकुल सहमत नहीं हूँ।

लेकिन शूबी सच में मैं जानना चाहती हूँ की तुम्हारी प्रतिक्रिया क्या है इस विषय पर ......हालांकि तुम कह तो रही हो कि यह लाइफ का एक पार्ट है लेकिन फिर भी मैं जानना चाहती हूँ कि तुम्हारे और कुंवर के बीच भी क्या कुछ ऐसा है ?

शूबी ने तन्नू का हाथ अपने हाथ में लेकर पुछा ......

तन्नू तुमने मूवी में डॉक्टर की बात सुनी थी .....? चार दिवारी के भीतर मिया बीवी अपनी सेक्सुअल लाइफ कैसे एन्जॉय करते है यह उनकी निजी पसंद है ......वो जो भी आपसी सहमति से करते हैं वो गलत और अनैतिक नहीं है। कुंवर और मैं पति पत्नी होते हुए भी शुरू से ही एक दूसरे को लेकर बहुत क्लियर रहे हैं। हमने एक दूसरे को पूरी स्पेस दी है। लेकिन इसका मतलब यह नहीं कि हम कुछ गलत कर रहे हैं। हम अपनी पर्सनल लाइफ को और कपल्स की तरह बोरिंग नहीं बनाना चाहते थे। शुरू में तो सभी पति पत्नी एक दुसरे से आकर्षित रहते हैं लेकिन यह भी एक बहुत बड़ा सच हैं कि धीरे धीरे यह आकर्षण ख़त्म होने लगता है और अक्सर ऐसे में दोनों में से एक कही न कहीं बाहर आकर्षित होने लगता है। आखिर में एक तो अपनी जिंदगी को पूरा भोगता है और दूसरा घर की चार दिवारी में बेवफाई कि चोट खाये कुढ़ता रहता है। आधे से ज्यादा परिवारों में ऐसा ही होता है।

लेकिन कुंवर और मैंने जिंदगी में एक समझौता किया कि हम एक दूसरे से छिपाकर कोई काम नहीं करेंगे। और हमेशा अपने रिश्तों में पारदर्शिता लायेंगें। लेकिन तब हमे यह नहीं पता था कि हमारा एक दूसरे से यह कमिटमेंट क्या कुछ समेट रहा था अपने में। हम दोनों शादी के बाद पति पत्नी कम और दोस्तों की तरह ज्यादा रहते थे। फिर एक वक़्त ऐसा आया कि इतना खुलापन भी अखरने लगा .... हम एक दूसरे में शारीरिक आकर्षण खोने लगे ...सब कुछ कोशिश करते लेकिन उस चरम सीमा तक पहुँचने में नाकामयाब रहते ...कभी कभी तो बीच में ही हम अलग हो जाते और सारी रात सोचते हुए गुजर जाती कि प्रॉब्लम किस्मे है।

फिर हमने रात को साथ बैठकर ड्रिंक्स लेने शुरू किये और जब सुरूर चढ़ने लगता तब हम एक दूसरे कि देह को टटोलने की कोशिश करते।

तन्नू बहुत ही ध्यान से सब कुछ सुन रही थी ।

तन्नू, नशे के सुरूर में हम एक दूसरे के साथ पूरी तरह से खुल जाते और जो होश में न रहने तक की सीमा तक हम नशे में चले जाते। जब भी हम अपने निजी पलों में होते तो कुंवर अक्सर किसी और महिला का नाम लेकर मेरे साथ दैहिक सुख लेने की चेष्टा करता ....जैसे उस समय बिस्तर पर मैं नहीं वो महिला होती जो कुंवर कि सोच में है।

मुझे अपना अपमान महसूस होता ...जैसे ही कुंवर किसी और का नाम लेना शुरू करता मेरा उत्साह क्षीण हो जाता और मैं बेमन से उसे संतुष्ट कर एक तरफ हो जाती। मेरी मानसिक स्थिति बहुत खराब

होने लगी। मुझे लगता कि मेरा अपना कोई अस्तित्व ही नहीं है। मैं अपने पति को संतुष्ट करने में असमर्थ हूँ। ऐसे में मेरा मन खिंचा खिंचा सा रहने लगा। संतुष्टी की चरम सीमा तक पहुँचने के लिए अक्सर कुंवर कभी अपनी दोस्तों तो कभी मेरी सहेलियों के नाम लेता। मैं खुद को लाचार महसूस करने लगती।

फिर एक दिन बैठे बैठे लैपटॉप पर गूगल पर मैंने टाइप किया .....husband calling names of another females during ....

गूगल ने मुझे समझाने के लिए इस विषय से सम्बंधित बहुत से लेख और लोगों के सवाल जवाब स्क्रीन पर दिखा दिए। एक एक खोलकर मैंने पढ़ना शुरू किया ......और मैं हैरान रह गयी कि यह कोई समस्या नहीं है ....यह तो एन्जॉय करने का एक तरीक़ा है ....ये तो सिर्फ फैन्टसीज़ है जो स्त्री और पुरुष दोनों ही लेते है अपनी अपनी तरह से खुद को और अपने साथी को संतुष्ट करने के लिए।

फिर मैंने टाइप किया .....what fantasies could have been during .... for a female and male ....?

मुझे फिर से ज्ञान देने के लिए गूगल ने बहुत सारे जवाब स्क्रीन पर दिखा दिए ......

पति पत्नी अपने ख्यालों में किसी और को सोचते है ......

पति या पत्नी अपने साथी को अपने सामने किसी और के साथ दैहिक सुख प्राप्त करते हुए देखकर एक्सइटेड होते हैं

कुछ कपल्स थ्रीसम करते हैं तो कुछ एक दूसरे की बीवी के साथ एक दूसरे के सामने हे एन्जॉय करते हैं ......और ऐसे ही बहुत कुछ है जो सेक्सुअल लाइफ को बोरिंग होने से बचाने के लिए कपल्स आज कल करते हैं ....

मुझे फिर भी तसल्ली नहीं हुई ...

अबकी मैंने गूगल पर मनोचिकित्सक की राय जाननी चाही इस विषय पर तो मुझे एक ऑन लाइन मैरिज काउंसलर मिले जिनसे बात करने के लिए मुझे कुछ रकम उनके अकाउंट में डालनी थी ......ट्रांसक्शन के बाद मैंने अपना नंबर दिया और उन्होंने मुझे कॉल किया .....

यह सब पढ़कर मैं काफी कुछ नया समझ और सीख रही थी इसलिए उनसे मैंने विस्तार में अपनी समस्या बतायी ......

उन्होंने मुझे सजेस्ट किया कि यह सब नार्मल है और मैं भी कुंवर की जरूरत समझते हुए बिस्तर पर उसका हर संभव साथ दूँ ....इससे उसके साथ साथ मैं भी उन पलों को बखूबी एन्जॉय कर पायूँगी।

मेरी सोच के दरवाजे खुल गए ....और मैंने निश्चय कर लिया कि मैं अब किसी चीज को दिमाग पर हावी नहीं होने दूंगी ....कहते है न प्यार और जंग में सब जायज है तो फिर कैसा बंधन ....यहाँ जंग की नहीं प्यार की बात है और वो भी एक दूसरे की सहमती से ।

तन्नू एक टक शूबी को देख रही थी जैसे उसकी आँखों के जरिये उसके दिल में उतर कर सारे भेद जानना चाहती हो ...

तन्नू उस रात जब कुंवर और मैंने दो दो ड्रिंक्स ली तो मैं मन ही मन प्लानिंग कर रही थी कि आज मैं क्या क्या करूंगी बिस्तर पर ......हम दोनों अपने बेड पर थे कुंवर तकिये पर सर रख लेटा ही था कि मैं उसकी बाँहों पर सर रख उससे लिपट गयी ......मेरी पहल ने कुंवर को उत्तेजित कर दिया और फिर हम धीरे धीरे एक दूसरे में खोते चले गए ...कुंवर के मुँह से फिर कुछ नाम निकले लेकिन अबकी मैं और जोश में आ गयी और कुंवर के मुँह पर हाथ रख उसे चुप करा उसकी जगह मैं खुद अपनी सहेलियों के नाम ले लेकर उसे उस काल्पनिक लोक में ले गयी जहाँ वो मेरे साथ होते हुए भी उसने कल्पना में ही सही लेकिन दूसरी देह कि खुशबू महसूस की। उस दिन बहुत दिनों की बाद मैंने खुद में भी नयी ताजगी महसूस की......

तन्नू अब यह रोज का काम होने लगा था ......एक समय जिस विषय को लेकर मैं डिप्रेशन में आने लगी थी आज उसी में मैं भी आनंद महसूस कर रही थी ......

यह सब सुन सुन तन्नू भी जैसे कुछ कुछ उत्तेजित सी होने लगी थी।

तन्नू एक समय ऐसा भी आया कि मेरा खुद का आकर्षण भरी भरी सी महिलाओं की तरफ होने लगा ....मुझे शक हुआ कहीं मैं लेस्बियन तो नहीं होती जा रही .....और फिर मैंने गूगल का दरवाजा खटखटाया ......लेकिन जवाब मिला कि इसमें कुछ भी गलत नहीं .....कभी कभी हम विपरीत सेक्स के साथ साथ सेम सेक्स की प्रति भी आकर्षण महसूस करने लगते हैं ...... अब सारी दुविधाएँ मिटती जा रहीं थीं और हम अलग अलग तरह से अपने निजी रिश्तों में प्रयोग करने लगे थे ......बाते करते करते शूबी लेट गयी और आगे की

कहानी सुनाने लगी ......तन्नू भी छत की तरफ मुँह कर सीधी लेट गयी ....और शूबी का हाथ अपने हाथ में ले अपने पेट पर रख लिया। एक अपने जीवन के अनुभव बता रही थी और दूसरी उन अनुभवों को खुद अनुभव करने की कोशिश कर सही गलत के पैमाने पर तोलने की कोशिश कर रही थी।

ऐसा कई दिनों तक चलता रहा, फिर एक दिन जब हम एक दूसरे में खोये हुए थे तो कुंवर ने फरमाइश की कि बातों बातों में तो रोज ही तुम अपनी सहेलियों को हम दोनों के बीच ले आती हो ...... कभी हकीकत में भी कुछ प्लान बनाओ । कुंवर की बात सुनकर दिलो दिमाग पर फिर एक अनअपेक्षित झटका लगा और फिर मै अपने शादी शुदा रिश्ते की बुनियाद और सच्चाई टटोलने लगी। एक बार फिर पहले वाली उदासीनता ने मेरे अंदर जन्म ले लिया। अब क्या करूँ ? बातों बातों में तो मैं इतना खुल गयी थी कि सिर्फ शरीर मेरा कुंवर के साथ होता लेकिन ख्वाब और स्त्रियों के होते। मै खुद भी तो अब इस व्यवहार की आदि होती जा रही थी। नैतिक या अनैतिक नहीं जानती, बस जो कुछ चल रहा था हम दोनों के बीच वो अच्छा लगने लगा था। हो सकता है कि हम विवाहित जीवन की मर्यादा की अवहेलना करने लगे हों या हो सकता है कि हमने अपने जिस्मानी संबंधों में दिल में छिपे भावों और कल्पनाओं को छिपने न दिया हो। हम दोनों ने वास्तविकता और कल्पना को एक दूसरे के साथ बेजिझक जीना शुरू कर दिया था। मेरा अपना पति मेरे ही सामने किसी और के साथ हमबिस्तर है और मैं उसमे आनंद अनुभव करूँ, हो सकता है यह स्थिति मनोरोगी की हो या फिर हम दोनों ही मनोरोगी होते जा रहे हैं। लेकिन जो भी हो यह सब आनंद और अनुभव अभी तक केवल ख्याल थे, हक़ीक़त नहीं। लेकिन अब फिर डर लग रहा था कि अगर यह

सब हकीकत होगा तो क्या मैं बर्दाश्त कर पाऊँगी ? बहुत मुश्किल से मैंने कुंवर के हिसाब से खुद को ढालना शुरू किया था लेकिन अब ख्वाहिशें सीमाएं लांघ रहीं थी।

क्या मुझे एक कदम और आगे बढ़ा लेना चाहिए ? यही सोच सोच मैं फिर परेशान होने लगी, जैसे मेरे शरीर का उबलता हुआ खून सिमटकर मेरे दिमाग में दौड़ने लगा हो।

शायद नहीं ......मै खुद को ही जवाब देती और मेरी उड़ान फिर जमीन पर घायल पंछी कि तरह आ गिरती .....।

तन्नू की जिज्ञासा बढ़ती जा रही थी और शूबी अपने ही वेग में बहे जा रही थी।

अब क्या करूँ........कल्पना और हकीकत में फर्क होता है ....लेकिन मैंने खुद ही तो कुंवर की अरमानों को भड़काया था ....अब आगे क्या नया ढूँढू ? गूगल क्या जवाब है अब तुम्हारे पास ......?

शूबी अपने में ही खोयी बोले जा रही थी ......

मेरे पति की चाहत है कि हम दोनों के बीच किसी तीसरे की उपस्थिति होनी चाहिए लेकिन पुरुष नहीं केवल स्त्री। और मैं इस स्थिति के लिए खुद को तैयार नहीं कर पा रही थी। तन्नू यह विषय अब रोज ही हमारे बीच उठने लगा था। अभी एक माह भी न बीता था कि ऐसा तो संभव नहीं हुआ लेकिन जो भी हुआ वह मेरी अपेक्षा से परे था। परिस्थिति थोड़ी अलग थी, हम एक पार्टी में गए ......सब कुछ ठीक ठाक ही चल रहा था ...आम पार्टीज की तरह खाना पीना, डांस और

मस्ती ....लेकिन लास्ट में पार्टी में एक गेम की अनाउंसमेंट हुई...........हम भी एक्सइटेड थे कि क्या फन होगा ....।

एक लेडी ने माइक पकड़ा और कहने लगी कि सब कपल्स अपनी कार की चाबी इस बाउल में डाल दो ....सबने अपनी अपनी चाबियाँ बाउल में डाल दी .... मैं कुछ हैरान थी लेकिन कुंवर बहुत ही नार्मल था जैसे उसे सब कुछ पता था। हम सारी लेडीज को रूम्स की एक एक चाबी दी गयी और भेज दिया गया। मैं भी एक रूम में चली गयी, सोचा कुछ फ्रेश हो लूँ शायद कुंवर ने कोई सरप्राइज रखा है मेरे लिए। मैं फ्रेश होकर कुंवर का इंतजार करने लगी, थोड़ी देर बाद दरवाजे पर खटखटाहट हुई। उठकर गेट खोला तो सामने कुंवर की जगह एक बहुत ही स्मार्ट सा लड़का खड़ा था। मैं थोड़ा सजग हो गयी, शायद गलती से आ गया है। मैंने उसे कहा कि यह रूम हमारा है, आप शायद गलती से यहाँ आ गए हैं।

तन्नू, वह लड़का मेरी बात सुनकर मुस्कुराने लगा।

जी नहीं मिसेस कुंवर ......कोई गलती नहीं हुई ....

मैं हैरान परेशान से कुंवर को फ़ोन लगाने लगी ....कुंवर ने फोन उठाया और हंसकर पूछने लगा कि क्या हुआ।

तुम कहाँ हो ?

मैंने पूछा ......

यहीं हूँ होटल में ....और तुम्हारे लिए इतना अच्छा सरप्राइज प्लान किया है मैंने ....उसे एन्जॉय करो।

कुंवर ने बड़े अजीब से लहजे में हँसते हुए कहा ....

सरप्राइज ....क्या मतलब ..?

मेरी बात का जवाब देने की जगह कुंवर ने फोन स्विच ऑफ कर दिया। वो लड़का जो खुद को कबीर बता रहा था मेरे नजदीक आकर बैठ गया।

क्या तुम्हे नहीं पता कि तुम और मैं यहाँ क्यों हैं ?

उसने मुस्कुराते हुए पूछा ... ..

मेरे दिमाग में एकदम बिजली सी कौंध गयी और एक एक करके गूगल पर पढ़ी सारी बातें याद आ गयीं। मैं सब कुछ समझ गयी थी, एक बार तो कुंवर पर बहुत गुस्सा आया लेकिन अगले ही पल यह ख्याल भी आया कि जैसे मैं यहाँ किसी और के साथ हूँ वो भी किसी कमरे में किसी और के साथ होगा। मैं अभी यह सब सोच ही रही थी कि कबीर ने मेरी जाँघों पर हाथ रख दिया और सहलाने लगा।

तन्नू पता नहीं क्या हुआ उस दिन कि मैं चाहकर भी कबीर का हाथ अपने ऊपर से झटक नहीं सकी । शायद बीते कुछ समय में कुंवर और मेरे बीच पाप ने जगह बना ली थी जो अब बेलगाम घोड़े की तरह सामने आना चाहता था।

"तन्नू को याद आ गया कैसे कुंवर ने भी उसे घर छोड़ते हुए उसकी जांघ पर हाथ रख दिया था ......और चाहकर भी वह भी कोई प्रतिक्रिया नहीं कर पायी थी।"

तन्नू, कबीर का मेरी जांघ पर से हाथ न जाने कब मेरे पूरे बदन को समेटने लगा मुझे सच में पता ही न चला। मेरी इन्द्रियाँ सुन्न हो गयीं थीं और मेरा ध्यान सिर्फ इस बात पर था कि कुंवर इस समय दूसरी स्त्री के साथ क्या क्या कर रहा होगा। वही शायद जो हम हर रात अपने निजी पलों में कल्पना करते हैं। ईर्ष्या और अपमान और बदले की भावना ने मुझे इस क़दर जकड लिया कि मैं चाहकर भी खुद को छुड़ाना नहीं चाहती थी। अगर कुंवर यही चाहता है तो मैं क्यों नहीं, जिस दर्द से मैं गुजर रही हूँ इससे उसे भी तो गुजरना पड़ेगा।

कबीर के होंठ मेरे कानों में कह रहे थे कि मैं बहुत सुंदर हूँ और कानो से फिसलकर उसके होठ मेरे पूरे बदन पर चल रहे थे ......आखिर में मैं भी सब कुछ भूल कर समय के बहाव में बाह चली बिना किसी सीमा के ।

तन्नू के दिमाग में उस के दिल की धड़कन शोर मचा रही थी .....ये दुनिया उसके लिए बहुत नयी थी और एक कथाकार होने के नाते मेरे लिए भी। लेकिन मेरी स्थिति इन दोनों नायिकाओं से भिन्न थी क्योंकि किसी भी रूप में मैं इस अनैतिकता का समर्थन नहीं करूंगी। फिर भी सच्ची घटनाओं पर आधारित इस काल्पनिक कथानक को सामने लाना बहुत आवश्यक है जिससे आधुनिकता के नाम पर भटक रहे कुछ लोगों को नसीहत मिल सके। आधुनिकता के सकारात्मक रूप को ग्रहण कर सके न कि इस शब्द के नाम पर नग्नता को गले लगाएं।

बस तन्नू , वो रात और उसके बाद न जाने कितने खेल हर रात .....पति पत्नी के बीच निजता जैसी चीज मैं नहीं जानती क्यूंकी यहाँ तो सब कुछ सबके सामने खुला था और अब भी है। अब हम पति

पत्नी है या दोस्त हैं या केवल स्त्री और पुरुष , यह तो भगवान ही जाने लेकिन अब हमे एक दूसरे से कोई शिकायत नहीं। न जाने कौन सा जूनून है कि जी भर कर जीते हैं, जो दिल आता है करते है और एक दूसरे के लिए कभी पैरों की जंजीर नहीं बनते।

शूबी चुप हो गयी थी लेकिन तन्नू अभी भी न जाने कौन सी दुनिया में थी .....शायद उसके दिलों दिमाग में भी रिश्तों का यह उलझा हुआ सा समीकरण कुछ जवाब ढूंढ रहा था। वह अपने ही कहे और भोगे को समझना चाह रही थी।

लोग रिश्तों के साथ कैसे कैसे तजुर्बे करते है, समझ से बाहर हो रहा था लेकिन एक सवाल बार बार जहन में कुलाँचे भर रहा था ....मेरे दिलो दिमाग को झकझोर रहा था कि मनुष्य और पशु में क्या फर्क रह गया। ऐसे तजुर्बों में सघन प्रेम के लिए स्थान ही कहाँ बचा है। वो प्रेम जो सम्पूर्ण समर्पण की अपेक्षा रखता है। यहाँ तो केवल रिश्तों का जंगल है जहाँ पशु से भी बदत्तर जीव केवल अपनी क्षुधा तृप्ति के खातिर सब को वासना में भिगोना चाहता है ......अंतहीन वासना ....।

आधुनिकता और अपने अस्तित्व की आजादी का दम भरने वाले विवाह जैसी पवित्र संस्थान को किस दिशा की और ले जा रहे हैं ? मनुष्य को सभ्यता सीखने में जो सदियाँ लग गयी उसका क्या फायदा अगर वापिस असभ्यता की ओर ही रुख करना था। जो भी हो एक बात तो तय है कि इन रास्तों की कोई मंजिल नहीं अपितु अंतहीन रास्ता है जो खुद ही एक भटकाव है। और इस भटकाव में विवाह की परिभाषा विपरीत अर्थ समेटते जा रही है।

9.

चारों मुंबई पहुँच चुके थे। विनय को चीन साथ ले जाने के पीछे कुंवर का कोई मकसद तो जरूर था क्योंकि एक मंजे हुए बिजनेसमैन होने के कारण वह बिना किसी लाभ के किसी पर मेहरबान नहीं होता था। लेकिन विनय तो उसके रुतबे के आगे कोई मायने नहीं रखता था फिर वह कुंवर को किस लिहाज में फायदा कर सकता था। कुछ तो था जो उसके दिमाग में पक रहा था। विनय की जी एम् की पोस्ट मुझे नहीं लगता कि शूबी की सिफारिश की देन थी, ऐसे तो न जाने कितने जानकार है। अगर सबकी नौकरी इसी तरह से लगाता रहा तो हो लिया उसका अपना धंधा। लेकिन इसपर से भेद कब हटेगा ? कब उसकी मंशा सामने आएगी ?

कुंवर ने विनय को तन्नू के साथ अपने घर बुलाया डिनर पर। इतने दिनों की जान पहचान के बावजूद यह पहला अवसर था जब विनय और तन्नू कुंवर के घर गए। बंगले के इर्द गिर्द ऊंची दिवार थी जिससे अंदर की प्राइवेसी भंग न हो। गेट के साथ ही वॉचमैन का एक ठीक ठाक कमरा बना हुआ था जिसमे बाहर से ही नजर आ रहा था कि एक छोटा ऐरकण्डीशनर भी लगा हुआ है। क्या ठाठ हैं कुंवर के ......विनय को यकीन था कि बेल बजाते ही बड़े बड़े से २-३ कुत्ते भौंकते हुए दौड़े आएँगे लेकिन हैरान हुआ जब केवल बंदूकधारी वॉचमैन लोहे के बड़े से गेट के दूसरी तरफ आ गया।

शायद पालतू पशु इन्हें पसंद नहीं ...वैसे उसे भी कहाँ पसंद हैं।

विनय ने मन ही मन सोचा .....

वॉचमैन ने इण्टरकॉम पर विनय और तन्नू के आने की सूचना दी और अपने कमरे से ही उसने इलेक्ट्रॉनिक बटन दबाया जिससे गेट अपनेआप खुल गया। एक और विस्मित कर देने वाली बात ......विनय और तन्नू के लिए।

बंगले के लॉन में ताम्बे और पीतल की बड़ी बड़ी मूर्तियां पौधों के आस पास रखी हुई और ठीक एंट्रेंस पर दो बड़े पीतल के चमकते गमले। ऐसा लग रहा था किसी फाइव स्टार होटल के बाहर खड़े हैं। जब बाहर की ऐसी चकाचौंध है तो अंदर का मंजर क्या होगा।

विनय और तन्नू की आँखें फैलती जा रही थी। अंदर से एक वर्दी धारी नौकर आया और उन्हें ड्राइंग रूम में ले गया। वहाँ बैठने के लिए कहा और बोला की साब और मेमसाब अभी आ रहे हैं।

सोने की चमचमाती पॉलिश के बीच मेहरून और सुनहरी गद्दियां........दीवारों पर बड़ी बड़ी सुनहरी फ्रेम में टंगी पेंटिंग्स ....कमरे के कोने में एक विशाल चमचमाती नटराज की मूर्ति और दो नृत्य करती हुई सुनहरी अप्सराओं जैसी कलाकृति के ऊपर मोटे काँच की टेबल कमरे की शान में चार चाँद लगा रही थी। कहते हैं न पैसा बोलता है ......यहाँ यही मुहावरा शतप्रतिशत लागू हो रहा था।

विनय और तन्नू उस कमरे में अपने आप को बहुत ही छोटा महसूस कर रहे थे और साथ ही एक बईमान सी ख्वाहिश अंगड़ाई ले रही थी कि काश ऐसा ही एक अपना भी घर हो ...। बईमान ख्वाहिश इसलिए क्योंकि रास्ते जो बईमान होने लगे थे। ख्वाहिशों का कोई अंत नहीं, इसलिए तो जब किराए के फ्लैट से कंपनी के ठीक ठाक बंगले में आये तो भी तसल्ली नहीं हुई और अब और बहुत कुछ पाने की इच्छाएँ

जोर मारने लगी। दोनों इन्ही विचारों में मग्न थे कि कुंवर और शूबी हमेशा कि तरह महंगे परिधानों में सजे धजे कमरे में दाखिल हुए। जहाँ तन्नू ने स्लीवलेस हलके पीले रंग का गाउन पहना हुआ था वहीं शूबी ने आज बड़ी सी लाल बिंदी के साथ गाजरी रंग की क्लासी साड़ी पहनी हुई थी और वो भी नेहरू नैक और फुल स्लीव्स के मैचिंग ब्लाउज के साथ। तन्नू ने पहली बार इस तरह पूरी तरह से ढकी ढकी शूबी को देखा था।

विनय तो तिरछी नजर से शूबी की अप्रतिम और शाश्वत सी प्रतीत होती सुंदरता को निहारे जा रहा था।

आखिर में जब न रहा गया तो विनय बोल ही पड़ा ...

शूबी इस तरह के ड्रेसअप में तुम बहुत ही अलग और सुन्दर लग रही हो।

तन्नू भी हलके पीले गाउन और कॉफ़ी कलर की लिपस्टिक में काफी अट्रैक्टिव लग रही थी। कुंवर की नजर भी बहाने बहाने से तन्नू के भरे पूरे बदन पर फिसल रही थी।

विनय कैसा लगा हमारा छोटा सा आशियाना ?

कुंवर बोला ...

अरे इसे तुम छोटा सा आशियाना कहते हो ......स्वर्ग भी इससे ज्यादा क्या होगा ?

विनय हँसते हुए बोल पड़ा .....

इधर उधर की बाते होने लगीं। चारों वहीं सोफे पर आमने सामने बैठे थे ।

विनय डिनर तो एक बहाना था, असल में मैं एक जरूरी प्रोजेक्ट डिसकस करना चाहता था तुमसे जो केवल घर के कंफर्ट जोन में ही ठीक था और फिर तन्नू की राय भी तो लेनी जरूरी हैं भई........तुम्हारी अर्धांगिनी जो है।

कुंवर तन्नू की तरफ मुस्कुराकर बोला ....

शूबी ने नौकर को आवाज दी और ड्रिंक्स और स्नैक्स लाने को कहा ....(केवल ड्रिंक्स ......सॉफ्ट ड्रिंक्स नहीं) यानी कुछ समय में इतना बदलाव आ गया था कि बिना झिझक के तन्नू भी सबके साथ ड्रिंक्स में कंपनी देने लगी थी।

खैर चारों के लिए नौकर ने पैग बना दिए और साथ में अलग अलग तरह के महँगे स्नैक्स रख गया और बाहर जा मालिकों के अगले आर्डर का इंतजार करने लगा।

विनय मैं चाहता हूँ कि चीन में जो ऑफिस खोला है उसमे तुम मेरे पार्टनर बनो ....वो भी ५० प्रतिशत के ।

कुंवर बोला ....

विनय विस्मित सा कुंवर को देखता रह गया ..... लेकिन कुंवर मेरे पास इतना पैसा कहाँ है जो मैं तुम्हारे प्रोजेक्ट पर लगा सकूं ।

विनय बोला ..

अरे पैसा किसने पूछा ....और वैसे भी पैसा आज नहीं है तो यह जरूरी थोड़ी न है कि कल भी नहीं होगा ....तुम्हे कहा था न मैंने एक दिन कि मेरे साथ रहा करो, कहीं से कहीं पहुँचा दूँगा।

कुंवर हँसते हुए बोला ...

तो फिर मुझे क्या करना होगा कुंवर ?

विनय ने पूछा .....

तुम्हे कुछ ख़ास नहीं बस इतना करना है कि महीने में तीन चार बार चीन जाना पड़ेगा वहाँ के काम की देखभाल और प्रॉपर मैनजमेंट के लिए। ट्रिप के पैसे के चिंता नहीं करो। तुम्हारे पास टिकट्स और अकाउंट में पैसे ट्रांसफर हो जाया करेंगें जिससे तुम मोनेटरी टर्मस में निश्चिन्त रहो। और वहाँ का टर्नओवर तकरीबन शुरू में तीस करोड़ सालाना के आसपास रहेगा। सारे खर्चे निकालने कि बाद भी अठारह करोड़ कहीं नहीं गए जिसमे से नौ तुम्हारे खाते में और नौ मेरे खाते में। और ये तो शुरुआत है, आगे आगे सिस्टम और बढ़िया बनेगा।

सुनकर विनय की तो बोलती ही बंद हो गयी। इतनी दौलत तो कभी सोच में भी नहीं थी जितनी कुंवर ने इतनी आसानी से बोल दी। इतने बड़े बिज़नेस के आगे छोटी सी नौकरी की क्या औकात भला।

पर इतनी छुट्टियों में ऑफिस कैसे संभलेगा ?

विनय दिमाग में जोड़ जमा करते हुए अनायास ही उत्सुकता से पूछ बैठा.......

तुन्हे अभी भी लगता है कि इस साधारण सी जी एम् कि नौकरी की जरूरत है ? लेकिन अगर तुम छोड़ना नहीं चाहते तो कोई बात नहीं नौकरी भी करते रहो पर छुट्टियों की परवाह क्यों है ? वो तो मैं हूँ ही देखने के लिए।

विनय और तन्नू तो जैसे कल्पनाओं के सागर में गोते लगा रहे थे। शराब का सुरूर कुछ कुछ चढ़ने लगा था । अब तक तीन चार पैग तो हो ही चुके थे। ड्राइंग रूम में अंगरेजी गाने की मद्धम सी धुन बज रही थी। शूबी ने उठकर विनय की तरफ डांस करने के लिए हाथ बढ़ाया जिसे देख विनय थोड़ा सकपका गया।

अरे यार, तुम तो शर्मा रहे हो, ऐसा मौका बार बार नहीं मिलता किसी की खूबसूरत बीवी के साथ डांस करने का।

कहते हुए कुंवर ने तन्नू का हाथ पकड़ उसे डांस के लिए पूछा ....

तन्नू विनय की और देखने लगी तो विनय ने इशारे से अपनी सहमति जता दी और खुद भी शूबी के साथ धीरे धीरे थिरकने लगा।

एक तो पहले ही सर पर नशा सवार और नाचते हुए बाहों में किसी और की बीवी, चाहकर भी कोई अपने मन के उद्वेग को छिपा नहीं प् रहा था। कुंवर ने तन्नू की कमर पर हाथ रखा और धुन पर झूमने लगा। विनय तन्नू को कुंवर की बाहों में देखकर थोड़ा असहज तो हुआ लेकिन जब शूबी ने विनय का हाथ पकड़ खींच लिया तो उसके कपड़ों और बालों की भीनी भीने सी खुशबू में विनय जल्द ही तन्नू को भूल गया।

चारों को नाचते हुए देख साफ़ नजर आ रहा था कि वासना का भेड़िया रह रह कर अपना रूप दिखा रहा है। शूबी विनय के काफी नजदीक आ रही थी और कुंवर तनु को अपने बदन से सटा रहा था। बस फर्क इतना ही था कि कुंवर और शूबी इस खेल में परिपक्व हो चुके थे और विनय और तन्नू अभी नए नए इस खेल में कदम रख रहे थे। लेकिंन मई इसे खेल नहीं बर्बादी की आग कहूंगी जो अगर विध्वंस रूप में आ जाए तो अपने में सब कुछ जलाकर स्वाह कर देती है। कुंवर और शूबी ने माहौल को कुछ ज्यादा ही उत्तेजित बना दिया था मगर एक निश्चित सीमा में रहकर।

अब सब आईने की तरह साफ़ होने लगा था। कुंवर की नजर तन्नू पर आ गयी थी, शायद वो उसके कमजोर पलों की ख्वाहिश बन गयी थी जिसके लिए वो विनय को लालच के जाल में दौलत का दाना डाल डाल कर फंसा रहा था और साथ ही शूबी को विनय के नजदीक कर उसकी सुध बुध भी छीन रहा था। ताकी विनय शूबी और दौलत के नशे में इस कदर डूबता कि तन्नू की तरफ उसकी राह आसान हो जाए।

कितना भयानक खेल या यूं कहें की शतरंज की चालों से भी ज्यादा तिरछी चालें थी। ये सब हमारी संस्कृति का हिस्सा तो कभी भी नहीं है लेकिन फिर भी लोग न जाने किस परंपरा के वशीभूत हो ऐसी मानसिक कुवृत्तियों में संलग्न होते जा रहे है। उनके लिए अपने सुख, अपनी खुशी और अपनी ख्वाहिशो के आगे की दुनिया का कोई अर्थ नहीं। ये लोग सिर्फ " मैं " में यकीन रखते है। ये सब मेरे गले नहीं उतर रहा। आखिर यह तो सरासर वेश्यावृत्ति है जिसमे पुरुष और स्त्री दोनों ही सामान रूप से अपराधी है। फिर क्यों इन्होने शादी का

लिबास ओड रखा है ? क्यों नहीं ये सीधे रूप में स्वीकार करते कि ये तो केवल धन और वासना के पुजारी है। वासना के बदले धन या धन के बदले वासना। मै खुद को बहुत बुद्धिमान समझती हूँ लेकिन यहाँ मेरे सोचने की क्षमता जवाब दे रही है। मुझे नहीं पता कि ये लोग आगे क्या करेंगे लेकिन अब मैंने सोचना बंद कर दिया है और जबरदस्ती इनके ऊपर नैतिकता और मूल्यों को थोपना भी बंद कर दिया है। ऐसे लोगों के लिए नैतिक अनैतिक कुछ नहीं होता। ये लोग सिर्फ वो करना पसंद करते हैं जो इन्हें अच्छा लगता है, जो इन्हें सही लगता है। अब जरूरी हो गया है कि मै अपनी सोच को एक तरफ रख इनकी सोच के हिसाब से आगे लिखूं। मुझे परिणाम देखने के लिए इन्हीं की रफ़्तार में बहना होगा नहीं तो मुझे नहीं पता चलेगा कि ऐसे रिश्तो की क्या परिणीति होती है। आखिर समाज को भी तो दिखाना है इनका असली चेहरा। मेरे पास कोई जवाब नहीं और न क्षमता है ऐसे रिश्तों को परिभाषित करने की, शायद समाज ही इन रिश्तों को सही तौर पर परिभाषित कर सके ।

चलिए मैंने अपने दिमाग के दरवाजे बंद कर दिए हैं और सिर्फ चक्षु खुले रखे है ताकि जो दिखता रहे वो वैसा का वैसा कागजों पर उतर जाए और आपके सामने प्रस्तुत हो अवलोकन के लिए।

10.

विनय चीन के प्रोजेक्ट में पार्टनरशिप को लेकर काफी उत्साहित था और उससे ज्यादा खुश था तकरीबन नौ करोड़ सालाना के प्रॉफिट की बात सोचकर लेकिन मध्यवर्गीय मानसिकता की गिरफ्त से अभी वह छूटा नहीं था। अभी भी कहीं न कहीं कुछ डर या झेंप जैसी अनुभूतियाँ उसे महसूस होती थी और शायद यही वजह थी कि जी एम् की नौकरी का लालच इतना सुनने के बाद भी बना हुआ था। लेकिन कुंवर की वजह से छुट्टियों की समस्या न होने के कारण वह अब बेफिक्र हो गया था। तन्नू भी अक्सर अपनी किटी पार्टियों और क्लब्स में मशगूल अपनी जिंदगी जी रही थी। उसने भी अपना एक अलग स्टेटस मेन्टेन कर लिया था। घर पति से ज्यादा उसका मन अब इन्ही सब बातों में लगता था।

विनय को अगले हफ्ते दस दिन के लिए चीन जाना था। कुंवर के सेक्रेटरी ने एक राउंड ट्रिप की टिकट मेल कर दी थी। यानी तन्नू इतने दिन अकेली रहेगी। विनय के मन में अब पहले जैसी चिंता हावी नहीं थी जब वो पहली बार तन्नू को ट्रेनिंग के लिए अकेले छोड़कर गया था। उसे पता था शूबी और कुंवर तो यहीं हैं और तन्नू का तो अपना सर्किल ही इतना बड़ा है कि उसे अकेलापन महसूस ही नहीं होने वाला।

तन्नू को बता ही दिया था कि इस बार विनय को अकेले जाना है और अब उसे आदत डाल लेनी चाहिए क्यूंकि ऐसी ट्रिप्स तो अब होती ही रहेंगी और हर बार साथ जाना मुमकिन नहीं होगा। और वैसे भी

ऑफिशल ट्रिप्स पर हर बार वाइफ साथ हो यह अच्छा भी नहीं लगता। तन्नू को भी ज्यादा कुछ प्रॉब्लम नहीं थी। फ्लाइट से एक दिन पहले ही कुंवर ने चाइनीस करेंसी का पैकेट विनय को पहुंचवा दिया था। कुछ जरूरी के कागजात और सूटकेस लेकर विनय एयरपोर्ट निकल गया। फ्लाइट छूटने से पहले एक बार तन्नू का फ़ोन आया था। बोर्डिंग वगैरह क्लियर कर विनय प्लेन में बैठ गया।

मुंबई की जमीन छोड़ते ही विनय की कल्पनाएँ रंग भरने लगीं। आँखे बंद कर सीट पर गर्दन टिका वह आराम की मुद्रा में लेट गया। आँखों के आगे नौ करोड़ का हिसाब चलने लगा। मुनाफा हाथ आते ही बहुत कुछ करने की योजनाएं थी, बहुत समय लगना था कुंवर के स्टेटस तक पहुँचने में। फिर अगले साल एक अपना बंगला लूँगा जो कुछ कुछ कुंवर के बंगले जैसा होगा। कुंवर का सोफा सेट बहुत महंगा था, शायद पांच सात लाख का तो होगा या शायद उससे भी ज्यादा। मेरे हिसाब से दीवारों पर टंगी एक एक पेंटिंग की कीमत लाखों में होगी। ये तो सिर्फ ड्राइंग रूम था, पूरे घर में न जाने क्या क्या होगा, महंगे परदे, इलेक्ट्रॉनिक गैज़ेट्स, शो पीसेज और हाँ लॉन में रखी वो पीतल की मूर्तियाँ वो तो बहुत ही कीमती होती हैं उसपर उनका रखरखाव भी आसान नहीं है। लेकिन कुंवर के लॉन में कैसी चमक बिखेर रही थी वे मूर्तियां। मुझे तो लग रहा है कुंवर जैसे लाइफस्टाइल में आने के लिए कम से कम चार पांच साल तो लग ही जाएँगे और वो भी तब जब कम से कम इतना मुनाफा तो मेरा हर साल बना रहे।

सही कहा था कुंवर ने उस दिन .....

"जिंदगी में आगे बढ़ने के लिए चाहत बहुत जरूरी है। तुम चाहत तो बनाओ, रास्ता मैं दिखाऊँगा।"

अब तक चाहत ही नहीं थी इसलिए आगे भी नहीं बढ़ पाया।

लेकिन अब भी कौन सा बहुत देर हो गयी है, जो कल न हुआ वो सब अब होगा। उसपर कुंवर जैसे दोस्त का साथ हमेशा बना रहे तो किस बात की कमी।

तन्नू के घर की डोर बेल बजी.....

नौकर ने गेट खोला तो सामने कुंवर एक पैकेट लिए खड़ा था।

तन्नू कुंवर को अकेले देख चौंक गयी। उसे लगा शूबी शायद पीछे आ रही होगी लेकिन यह उसका भ्रम था। कुंवर अकेला ही आया था।

आइये कुंवर ......प्लीज बैठिये। शूबी नहीं आयी ?

तन्नू ने पूछा ...

नहीं तन्नू शूबी तो अपने किसी प्रोग्राम में व्यस्त थी। विनय गया हुआ है और तुम अकेली परेशान हो रही होगी तो मैंने सोचा तुम्हारा हाल चाल पता करता चलूँ। अकेले शायद तुम कभी रही नहीं न।

हाँ यह तो है ...लेकिन परेशानी वाली कोई वजह नहीं। मैं भी अपने सर्किल में ही अक्सर बिज़ी रहती हूँ। जब कुछ नहीं होता करने को तो फिर घर पर रेस्ट करती हूँ।

बताइये आप क्या लेंगें, चाय या कॉफ़ी ?

कुंवर जोर से ठहाका लगा कर हंस पड़ा ......

तन्नू तुम भी अच्छा मजाक करती हो .....इतने दिन से मिलना जुलना है हमारा, कब देखा तुमने मुझे चाय या कॉफ़ी पीते हुए ? इनफैक्ट शूबी भी नहीं पीती।

ऐसे तो अच्छा नहीं लगता, कुछ तो लीजिये ।

तन्नू ने नरम अंदाज में कहा .....

अगर तुम्हे कोई ऑब्जेक्शन न हो तो एक स्माल ड्रिंक बना दो ।

कुंवर ने तन्नू की आँखों में देखते हुए कहा ....

एक पल के लिए तो तन्नू थोड़ा झिझकी क्योंकि विनय साथ नहीं था और उसपर शूबी भी नहीं थी। ऐसे अकेले में क्या अच्छा लगता है ये सब लेकिन न जाने क्या सोचकर नौकर को गिलास लाने को कहा ।

थोड़ी देर में नौकर एक ट्रे में बोतल, गिलास और बर्फ ले आया। तन्नू ड्रिंक बनाने लगी तो कुंवर ने ट्रे अपनी और कर ली।

अरे ......मैं बनाता हूँ, तुम बैठो .....पर एक ही गिलास .....तुम कंपनी नहीं दोगी क्या ?

कुंवर थोड़ा शरारत के लिहाज से बोला......

मैं जूस ले आती हूँ ...आप लीजिये तब तक।

तनु ने जवाब दिया ....

जूस क्यों ....छोटा सा ही सही हमारे साथ एक पैग तुम भी लो .....अब तो तुम भी हल्का फुल्का तो ले लेती हो फिर क्यों परहेज।

कुंवर बोला ...

तन्नू कुछ जवाब न दे पायी और कुंवर ने दूसरा गिलास मँगा तन्नू के हाथ में भी ड्रिंक दे दी।

एक एक घूँट भरते इधर उधर की बातें होने लगी। कुंवर विनय के नए काम के बारे में तन्नू को बताने लगा। बताना क्या, तन्नू को सपनो के जाल में फ़साने लगा। विनय के बाद फिर शूबी के बारे में बाते होने लगी, फिर तन्नू के डेली रूटीन और वगैरह वगैरह। कुंवर बहुत ही मंझा हुआ खिलाड़ी था, किस तरह और कौन सी औरतों के दिल तक पहुँच उन्हें अपने करीब लाना है बखूबी जानता था। उसे पता था कि जसि तरह सभी पुरुष चरित्र के पक्के नहीं होते उसी तरह सभी स्त्रियां भी एक जैसी नहीं होती। और चरित्र का कुछ हल्कापन उसने तन्नू में कहीं न कहीं पकड़ लिया था। इसे चरित्र का हल्कापैन कह लो या दौलत के लिए कुछ भी ताक पर रखने का पागलपन, जो भी हो यह कमजोरी कुंवर भांप गया था। ऐसा पहली बार था जब तन्नू और कुंवर इस तरह बिलकुल अकेले और बेपरवाह मिले थे। बाते करते करते दोनों काफी खुल चुके थे। पता ही नहीं चला कब एक छोटे से ड्रिंक की जगह कई ड्रिंक्स हो गए और नशा अपना असर दिखाने लगा था।

कुंवर थोड़ा नजदीक आ कर बैठ गया।

अपने पास रखा पैकेट खोलते हुए बोला .....

"शूबी के लिए एक डायमंड नेकलेस लाया था तो ख्याल आया कि एक और ले लूँ। अब विनय हमारा पचास प्रतिशत का पार्टनर है तो

सोचा तुम्हारा भी तो हक़ बनता है कुछ हम पर। इसलिए एक तुम्हारे लिए ले लिया।"

देखो, पसंद है तुम्हे ?

तन्नू की तरफ नेक्लेस बढ़ाते हुए कुंवर बोला ...

नेकलेस देख तन्नू की आँखों में चमक फ़ैल गयी, डायमंड्स पहली बार देखे थे उसने।

अरे ....यह तो बहुत सुन्दर है, लेकिन कुंवर मैं इसे नहीं ले सकती।

ऊपरी मन से तन्नू बोली ....

क्यों नहीं ले सकती ?

कुंवर ने पूछा ..

इतना कीमती गिफ्ट मैं नहीं ले सकती और फिर मैं विनय को क्या कहूँगी। उसे अच्छा नहीं लगेगा और शूबी को भी शायद अच्छा न लगे।

तन्नू बहाना बनाते हुए बोली ...

शूबी को क्या प्रॉब्लम होगी ? उसे मैं बहुत अच्छे से समझता हूँ। रही बात विनय की तो भई हीरों को कौन ठुकराता है ....यकीनन उसे कोई एतराज न होगा। इसे शूबी और मेरी तरफ से उपहार समझ कर रख लो। कहते हुए बिना पूछे ही कुंवर ने नेकलेस तन्नू के गले में पहना दिया। नेकलेस पहनाते हुए कुंवर तन्नू के इतना करीब आ चुका था कि बस हवा भर तक की दूरी बची थी।

कुंवर ने एक और दाना डाला था तन्नू की ओर और तन्नू जान बूझकर दाना चुगने जाल में फंस रही थी।

यकीनन तन्नू की जगह अगर कोई गैरतमंद लड़की होती तो अपनी सीमा भी पहचानती और कुंवर को भी उसके दायरे में रखती। लेकिन रुतबे और पैसे की चमक ने उसकी आँख पर पट्टी बाँध दी। तन्नू जैसी ही लडकियां होती हैं जो गैर पुरुषों के सामने सभी लड़कियों को भोग की वस्तु बना देती हैं। कहाँ एक समय वह नैतिकता और प्रेम में समर्पण की बातें करती थी और आज खुद ही सस्ती भोग्या बनने को व्याकुल है ....मगर किसलिए ?

कौन देगा इसका जवाब ? यह कैसा " फ़ास्ट ट्रैक " है जिसपर आगे बढ़ने की चाह में इज्जत- आबरू और विवाहित जीवन के सभी मूल्यों और कसमों को दर किनार करते चले जाओ। लेकिन मैंने तो अपनी जुबान बंद रखने का निर्णय लिया है क्योंकि मेरे रोके कुछ नहीं रुकना, मुझे तो केवल दर्शक मात्र बनना है। और आगे जो जो होना है उसे आपके सामने लाना है। तो आप भी चलिए मेरी कलम की साथ साथ और पढ़िए इन जटिल चरित्रों को।

शूबी और कुंवर रात में प्रेमालिंगन थे। कुंवर मौका देख बीच में बोल पड़ा। शूबी आज तन्नू की बारी है। तन्नू का नाम सुन एक बार तो शूबी को गुस्सा आ गया आखिर तन्नू उसके बचपन की सहेली थी लेकिन फिर दूसरे ही पल सहज हो गयी क्योंकि जानती थी कि जहाँ इतनी आकर चली गयी वहां तन्नू और सही। लेकिन कैसे ?

तन्नू सोचने लगी ......

कुंवर शूबी के पास लेटा हुआ बोला ....शूबी सच में यार तन्नू को मना लो....तुम्हारी तो बचपन की सहेली है ...उससे ज्यादा अच्छी अंडरस्टैंडिंग तुम्हारी किसके साथ होगी ? बहुत मजा आएगा।

कुंवर प्लीज बुरा मत मानना लेकिन तुम बताओ मैं तुम्हारा कहाँ साथ नहीं देती ? जैसा तुम्हे पसंद है वैसा हमेशा ही होता है, मैंने हर तरह से तुम्हे खुश रखने की कोशिश की। तुम्हारी हर जायज या नजायज पसंद को अपनी पसंद बना लिया लेकिन कहीं तो रुकना भी होता है। मै बस इतना ही कहना चाहती हूँ कि अब तन्नू नहीं। मैं उसे इन्वॉल्व नहीं कर सकती। तुम प्लीज समझो। उससे इस तरह की कोई बात मै नहीं कर सकती।

शूबी ने कुंवर से गुजारिश भरे स्वर में कहा ......

कुंवर ने भी बात आगे नहीं बढ़ाई ....वह समझ गया कि शूबी कभी किसी बात को न नहीं करती है लेकिन आज उसने न कहा है तो बात यहीं ख़त्म कर दो।

लेकिन उसके मन का वहशीपन और तन्नू को पाने का जूनून शूबी की "न" हजम नहीं कर पा रहा था। दूसरी बात यह भी थी कि शूबी का इंकार उसके अहम् को जगा गया। अब शूबी के साथ या उसके बिना, उसने अपनी चाह पूरी करनी थी।

हीरे का हार गले में पहने तन्नू अपने आप को किसी रानी से कम नहीं समझ रही थी। अगर विनय और वो पहले की ही तरह सारी उम्र भी नौकरी करते तो भी कभी ऐसा हार नहीं खरीद सकते थे। वैसे ही एक किराए के फ़्लैट में जिंदगी गुजार देते। जरा सी सोच बदली तो कहाँ से कहाँ पहुँच गए। सच में, क्या फर्क पड़ता है किसी भी बात

से। सारा खेल मानसिकता का ही तो है। झूठी शानोशौकत मे े पिसते रहो सारी उम्र या फिर जिंदगी का जी भर लुत्फ़ उठाओ। यहाँ किसको पडी है जो किसीके सही गलत का हिसाब लगाने बैंठे। सब अपनी दुनिया में व्यस्त हैं।

तन्नू इन्ही विचारों के हिंडोले में झूल रही थी कि अगले दिन फिर कुंवर आ पहुँचा।

अबकी बार तन्नू कुंवर को अकेले देख हैरान परेशान नहीं हुई, शायद उसे यकीन था कि वो फिर आएगा।

देर शाम का समय था और तन्नू कुछ देर पहले ही क्लब से लौटी थी। कुंवर को ड्राइंग रूम में बिठा खुद फ्रेश होने चली गयी और साथ ही नौकर को छुट्टी दे दी कि अब कोई जरूरी काम नहीं है। न जाने क्या सोच उसने फ्रेश हो झीनी सी नाईट ड्रेस पहन ली और ड्रिंक कि ट्रे ले कुंवर के पास आकर बैठ गयी।

तिरछी नजर से तन्नू ने भांप लिया था कि कुंवर फिर कुछ तोहफा लेकर आया है। दो ड्रिंक्स बना दोनों ने ले लिए और पीते पीते इधर उधर की बाते करने लगे। कल तक जो दूरी बची थी दोनों के बीच आज बिलकुल सिमट गयी थी। जब तीन चार ड्रिंक्स हो गयीं और दोनों के आँखों के डोरे लाल होने लगे तब कुंवर ने पैकेट से एक कीमती अंगूठी निकाल तन्नू की उंगली में पहना दी। तन्नू की उंगली से कुंवर के हाथ उसके कंधे और फिर चेहरे तक पहुँच गए। और दोनों जानते बूझते वो सीमा पार कर गए जो उन्हें कभी नहीं करनी चाहिए थी। लेकिन यह तो मैं सोच रही हूँ कि उन्हें ये सीमा कभी पार नहीं करनी चाहिए थी। मगर न तन्नू को पछतावा था और

न कुंवर को। पछतावा होता भी कैसे, कुंवर तो चाहता यही था और तन्नू ने भी मन ही मन स्वीकार कर लिया था, कि यह सब आम बात है , इनमे फसने से कुछ नहीं मिलता।

विनय का फ़ोन आता भी तो उसे नहीं बताया जाता कि उसके पीछे से कुंवर आता था। और कुंवर था कि रोज ही पहुँच जाता जब तक विनय घर नहीं पहुँच गया।

"वो कहते हैं न बंद मुट्ठी लाख की और खुल गयी तो ख़ाक की "

बस यही कहावत शत प्रतिशत चरितार्थ हुई तन्नू पर। शूबी को इस बारे में पता चल चुका था लेकिन न उसने इस बात को जाहिर होने दिया और न ही कोई विद्रोह किया। विद्रोह करती भी कैसे, यह कोई पहली बार तो था नहीं। सबकुछ कितनी बार दोहराया था, उसने भी और कुंवर ने भी फर्क था तो केवल बदलते चेहरों का। तन्नू के लिए उसने हामी नहीं भरी थी तो केवल इसलिए कि बचपन की दोस्ती की हल्की सी शर्म अभी बाकी थी जिसे वो हटाना नहीं चाहती थी। खैर जो भी हो तन्नू भी अब इस खेल का हिस्सा बन चुकी थी और शूबी इस बात से जानबूझकर अनजान बने रहना चाहती थी।

विनय तकरीबन दस दिन बाद घर लौटा। वह काफी खुश था। इन दस दिनों में उसने कंपनी को तो अच्छे से संभाला ही साथ ही अकेले होते हुए भी ट्रिप का हर लिहाज से लुत्फ़ उठाया। सही कहा हैं किसी ने, जब बकरे को हलाल करना हो तो खिला खिला कर उसे इतना मोटा कर दो कि हलाल करते समय उसका प्रतिरोध करना भी मुश्किल हो जाए और यहाँ तो बकरे को खाने के साथ साथ उन सुख सुविधाओं में डुबोया जा रहा था जहाँ उसको पता ही नहीं चल रहा

था कि चाकू की धार धीरे धीरे कब उसकी चमड़ी की परतों के पार हो रही थी। और यहाँ तो एक नहीं दो दो बकरे थे।

तन्नू काफी खुश और पहले से ज्यादा बेपरवाह अंदाज में थी लेकिन कारण ढूंढने के लिए विनय के पास समय ही कहाँ था। उसकी जिंदगी तो बस कंपनी, चीन का ऑफिस और दौलत के ढेर की कल्पनाओं में ही सिमट कर रह गयी थी। खाली समय में उसने भी कम अयाशियाँ थोड़े ही पाली थी, कहने का मतलब दोनों साथ होते हुए भी अपनी ही दुनिया जी रहे थे। समय तो दोनों के पास ही न था कि एक दुसरे की सुध ले और रिश्तों में उभरते काँटों के झाड़ को महसूस कर सके। आखिरकार दोनों ने अपनी सुविधाओं और आकांक्षाओं के रहते अपने जीने के तरीके निर्धारित का लिए। विनय जब होता तो कुंवर शूबी को आगे पेश कर मुलाकातों का सिलसिला बढ़ाता रहा और विनय की अनुपस्थिति में तन्नू के लिए कुंवर की हवस भरी शातिर चालों का। वर्ना क्या वजह थी विनय पर इतनी मेहरबानियों की। यूँ तो कुंवर ने बहुत पहले ही इशारा कर दिया था कि कोई किसी के लिए मुफ्त में कुछ नहीं करता, सब गिव एंड टेक का बिज़नेस है। फिर सब कुछ जानते समझते हुए भी कोई अंगारों पर चल पड़ें तो दोष किसका होगा।

समय अपनी चाल चलता गया और करीबन छह महीने और गुजर गए। फिर एक दिन इस खेल का काला हिस्सा शुरू हुआ और न जाने किस दिन की लापरवाही का अंजाम था कि तन्नू प्रेग्नेंट हो गयी। डेढ़ महीने का गर्भ और उसे खबर ही नहीं थी अब तक। जब कुछ अनमनापन और बेचैनी का एहसास हुआ तो डॉक्टर के पास चली गयी। प्रारंभिक जांच में ही पता चल गया कि माजरा क्या है। डॉक्टर

ने तन्नू को मुबारक देते हुए रिपोर्ट्स उसके हाथ थमा दी। तन्नू का चेहरा एकदम फक पड़ गया। शादी के बाद माँ बनना हर स्त्री के लिए एक सुखद स्वप्न होता है लेकिन जब अय्याशियों की बेड़िया पैरों में जकड गयीं हो और कोख से नाजायज शब्द जुड़ जाए तो यह सुखद स्वप्न दुःख और अपराध का रूप ले लेता है। और तन्नू ने तो इस बारे में सोचना ही छोड़ दिया था कि दाम्पत्य जीवन में माँ बनना कितनी बड़ी सौगात है, अब तो दिमाग में यह कैलकुलेशनस चल रहीं थी कि बच्चा विनय का है या ....?

विनय को तो तब बताये जब खुद को तो यकीन हो। घर जाकर हिसाब लगाने लगी कि विनय पिछले दिनों कब कब उसके पास नहीं था। तन्नू की धड़कने उसके कानो में गूँजने लगी ....बच्चा विनय का नहीं था ....अब क्या करे ....विनय को बताये बिना ही एबॉर्शन करा ले ......हाँ यही ठीक रहेगा ......लेकिन विनय तो अभी यहीं है ....उसको पता चल गया तो ?

डॉक्टर , मुझे अभी बच्चा नहीं चाहिए।

तन्नू ने घबराते हुए कहा ...

क्यों , क्या हुआ ....यह शायद तुम्हारा पहला बच्चा है।

डॉक्टर ने उत्सुकता से पुछा ...

डॉक्टर अभी हम मानसिक रूप से तैयार नहीं है इसलिए बच्चा अफ़्फोर्ड नहीं कर सकते ....प्लीज अबोर्ट इट।

तन्नू ने निर्णात्मक स्वर में कहा ...

देखिये तन्नू जी, पहले तो एबॉर्शन कानूनी तौर पर अवैध है इसलिए बिना किसी ख़ास वजह, यानी यदि जच्चा बच्चा की जान को खतरा हो या ऐसा कोई और कॉम्प्लिकेशन तभी गर्भपात कि अनुमति दी जाती है। और यदि इस बात को भी छोड़े तो भी पहला बच्चा गिराना हर लिहाज से खतरनाक होता है। शायद फिर कभी आप माँ न बन सके। इसलिए हमारे क्लिनिक में तो ऐसे गैर कानूनी चीजों के लिए बिलकुल इजाजत नहीं दी जाती।

डॉक्टर ने तन्नू को समझाते हुए कहा......

तन्नू कश्मकश में उठ कर क्लिनिक से बाहर आ गयी और घर की और पैदल ही चल दी ताकि सोचने का वक़्त मिले। अगर विनय को शक हो गया तो नतीजा अच्छा नहीं होगा लेकिन उसे पता कैसे चलेगा ..। वो तो इतना व्यस्त रहता है कि उसे अंदाजा भी न होगा कि कब बच्चा ठहर गया। एक दो छोटे क्लिनिक पर कोशिश करती हूँ यदि कुछ न हुआ तो फिर विनय को बता दूंगी कि वो बाप बनने वाला है।

जिंदगी अब जटिल होती जा रही थी, इतने धक्के खाने की बाद भी कुछ न हुआ और डॉक्टर्स ने और डरा दिया कि माँ कि जान को भी खतरा हो सकता है। अब एक आख़िरी कोशिश बची थी कि कुंवर को बता दे लेकिन जब डॉक्टर्स ने मना ही कर दिया तो कुंवर भी क्या कर लेगा। फिर भी बताना तो चाहिए।

तन्नू ने कुंवर को फ़ोन मिला दिया।

हेलो स्वीटहार्ट ....क्या हाल है।

दूसरी तरफ से कुंवर बोला

कुंवर मुझे तुमसे जरूरी बात करनी है।

तन्नू परेशान होकर बोली ..

क्या बात है डिअर ....बहुत याद आ रही है हमारी।

कुंवर छेड़ते हुए बोला ..

प्लीज कुंवर, मैं परेशान हूँ , बहुत गड़बड़ हो गयी है।

तन्नू एक ही सांस में कह गयी ...

बताओ तो क्या हुआ ?

कुंवर ने पूछा ...

आई ऍम प्रेग्नेंट कुंवर।

तन्नू ने सपाट स्वर में कहा ...

कॉंग्रट्स यार .....गुड टू हिअर। प्रॉब्लम क्या है इसमें।

कुंवर ने नार्मल होते हुए कहा ...

प्रॉब्लम यह है कि चाइल्ड इज योर्स नॉट विनयज।

तन्नू ने आक्रोश भरे स्वर में कहा ...

डोंट बि सिली तन्नू ... हाउ कुड आई बी ? तुम्हे ध्यान रखना चाहिए था, इसमें मैं क्या कर सकता हूँ।

कुंवर ने अपना पल्ला झाड़ते हुए कहा ...

हाउ कुड यू से दिस कुंवर ? तुम इसमें बराबर के जिम्मेवार हो .....प्लीज डू समथिंग।

तन्नू ने लाचारी भरे स्वर में कहा ......

देखो तन्नू अबोर्ट करा लो, चिंता की कोई बात नहीं।

कुंवर ने सलाह दी ...

डॉक्टर्स ने मना कर दिया है, इट वुड बी लाइफ थ्रेटनिंग फॉर मी।

तन्नू बोली ...

देखो तन्नू, मैं इसमें कुछ नहीं कर सकता और बाकी सारी बाते एक तरफ पर मेरी रेपुटेशन खराब नहीं होनी चाहिए। मैंने तुम्हारे साथ कोई जबरदस्ती नहीं की थी। सब तुम्हारी इच्छा से हुआ है। अब मेरी जिम्मेवारी नहीं है। पढ़ी लिखी हो तुम, ऐसा होना नहीं चाहिए था अब तुम देखो कैसे डील करोगी। जो भी हो मेरा नाम अगर कहीं आया तो अच्छा नहीं होगा।

कुंवर ने साफ शब्दों में तन्नू को समझा दिया .... और फोन काट दिया ....

तन्नू अवाक सी फ़ोन कानों पर लगाए खड़ी रही। आँखों के आगे अँधेरा छा गया। सोचने लगी ....सारे रास्ते बंद हो गए हैं, करूँ तो क्या करूँ। इससे तो मैं जान ही दे दूँ। मैं क्यों इस नर्क में पडी ? अच्छी खासी जिंदगी थी, कहाँ से यह मुसीबत मोल ले ली , और जिसकी वजह से यह सब हुआ वो तो एक साइड हो गया। मुझे उसपर भरोसा

नहीं करना चाहिए था। भरोसे की बात तो दूर मैं क्यों इस लालच में पडी ? क्यों मैं कुंवर के बहकावे में आ गयी ? बहुत सोचने के बाद यह निर्णय लिया कि विनय को यह खबर खुशखबरी की तरह देगी और उसे कोई शक नहीं होगा। आइंदा से कुंवर से दूरी बना कर रखेगी, कुंवर का नाम उछालने से उसका खुद का नाम खराब होगा। इससे अच्छा हैं शांति से बात यहीं ख़तम कर जिंदगी आगे बड़े। जो होना था वो तो वापिस नहीं हो सकता लेकिन आगे के लिए बहुत बड़ी नसीहत मिल गयी है। मेरे कर्मों की सजा मुझे मिल गयी और अब कभी पुरानी जिंदगी में कदम भी नहीं रखूंगी। एक बार विनय को यकीन हो जाए कि औलाद उसकी है उसके बाद हम सब कुछ भूलकर फिर वापिस अपनी पुरानी जिंदगी में लौट आएंगे। हे भगवान् किसी तरह मेरी नैया पार लगा दे। मुझे माफ़ कर दे, मैंने अपने पति को धोखा देकर बहुत बड़ा पाप किया है।

सोचती सोचती टैक्सी कर तन्नू घर पहुँच सीधा नहाने चली गयी जिससे दिल और दिमाग पर पड़ा अवसाद कुछ कम हो और विनय के साथ नार्मल होकर बात कर सके।

शाम को जब विनय घर पहुंचा तो तन्नू उसे खबर खुशखबरी के रूप में सुनाती है।

विनय बाप बनाने की खबर सुन फूला नहीं समाता ...... अरे वाह तरक़्क़ी पर तरक़्क़ी .....सही मायने में अब जीवन की शुरुआत हुई है तन्नू। हमारा आने वाला बच्चा बहुत ही भाग्यवान है और शायद उसी की किस्मत से हमारी किस्मत के सितारे भी बुलंद हो रहे हैं। चलो जल्दी से तैयार हो जाओ, आज तो बाहर सेलेब्रेशन होगा।

विनय फ्रेश होने चला गया और तन्नू फिर विचारों में कहीं खो गयी। चाहकर भी खुशी चहरे पर जगह नहीं बना पा रही थी। शिशु तो उसकी अपनी कोख में पल रहा था, उसका अपना अंश लेकिन नाजायज होने का ख्याल उसको चैन नहीं लेने दे रहा था। अनमनी सी बैठी विनय का इंतजार करने लगी।

विनय तैयार होकर ड्राइंग रूम में आया और फ़ोन करने लगा......

किसको फ़ोन लगा रहे हो।

तन्नू ने पूछा .....

ख़ुशी का मौका अकेले थोड़ी न सेलिब्रेट होता है इसलिए कुंवर को शूबी के साथ डिनर पर इन्वाइट कर रहा हूँ ताज होटल में।

कहते हुए विनय ने फ़ोन मिला कुंवर और शूबी को निमंत्रण दिया खाने पर आने का।

चलो चलते है ....पहुँचने में भी टाइम लगेगा ।

तन्नू का चेहरा स्याह पड़ गया। अभी कुछ घंटे पहले जो बात हुई थी कुंवर से उसके बाद उसने सोच लिया था की अब हर हाल में कुंवर से दूर रहेगी और आज ही दोबारा उसका सामना। और कुंवर ने भी मन नहीं किया आने के लिए, कोई बहाना बना सकता था। कैसे मई उसके सामने सामान्य रह पाऊंगी, कहीं विनय हमारे चेहरे के भाव पड़ न ले। लेकिन क्या कहूँ विनय को ? उसे यह सब नहीं समझा सकती।

हे भगवान् अब सब कुछ तेरे ही हाथ में है, तेरे सिवा कोई सहारा नहीं है। तन्नू के दिलो दिमाग में विचारों की लहरें उफान मार रहीं थीं फिर उसने सोचा, छोडो, देखी जाएगी जो होगा .....अभी तो चलना ही पड़ेगा। जो कर्म कर चुके हैं उसे खुद ही संभालना होगा।

दोनों तकरीबन ४५ मिनट्स में होटल पहुँच गए। तन्नू खुद को भरसक नार्मल रखने की कोशिश कर रही थी ...इसी कारण पंद्रह मिनट में दो बार वाशरूम हो आई। अबकी जब वाशरूम से आई तो शूबी और कुंवर पहुँच चुके थे। शूबी ने तन्नू को गले लगाकर बधाई दी। इस बात से अभी तक तो शूबी भी अनजान थी कि इस जश्न का कारण कुंवर, उसका खुद का पति ही है। कुंवर ने भी बधाई दी और इस अंदाज में जैसे उसे भी अभी पता चला है।

कुंवर के सामने तन्नू चाहकर भी सामान्य नहीं हो पा रही थी। उसके दिमाग में विचारों का तूफ़ान शोर मचा रहा था। एक आदमी कैसे अपने आप को परिस्थितियों से बिलकुल अलग रख सकता है। यह जानते हुए भी कि जो कुछ भी घट रहा है उसके प्रति जिम्मेवार वो भी है फिर भी चहरे पर किसी प्रकार का न कोई भाव और न अपराधबोध।

तन्नू सोचने लगी ......वो तो रिश्तों के इस रूप से कितनी नफरत करती थी फिर कौन से पल वो भी इस हवा में बह चली ? कर्मों का जो भुगतान है वो क्या मुझे अकेले ही भोगना पड़ेगा ? कुंवर कैसे दोषमुक्त रह सकता है ? लेकिन उसे दोष देने की हक़दार तो मैं तब हूँ जब मैं ईमानदार रहीं हूँ। मुझे किसने कहा था दलदल में उतरने को .....क्यों मैंने खुद अपनी सोच समझ पर लालच के गहन परदे डाले थे ? लालच ....हाँ, शायद उस हीरों के नेकलेस की चमक ने मेरी सुधबुध खो दी थी। तो फिर क्या हीरों का हार है मेरी परिस्थितियों की

वजह ? अगर ऐसा है तो इसका अर्थ है कि मेरा व्यक्तित्व खुद ही कमजोर था जो एक निर्जीव वस्तु के लालच में बह गया। नहीं, दोषी कोई नहीं सिर्फ मैं हूँ.....अगर मैं ही सच्ची होती तो कोई कैसे मुझपर हावी हो सकता था ? मेरे दुःख का कारण सिर्फ मैं हूँ इसलिए मुझे ही इसका सामना करना है और ताउम्र अपराधबोध के एहसास के साथ जीना है।

किस्मत के खेल भी निराले हैं। कभी तो इंसान जीवन भर गलतियों का ताना बाना बुनता रहता है तो कभी किस्मत इतनी कठोर हो जाती है कि एक भी गलती नहीं बख्शती।

तन्नू और विनय घर पहुँच गए। सुबह उठते ही तन्नू को बेड टी के बाद नहाने की आदत थी सो आदतानुसार वाशरूम चली गयी। कल शाम डॉक्टर के पास से लौटते समय प्रेगनेंसी की रिपोर्ट उसने बेड के साइड टेबल पर ही रख छोड़ी थी। विनय भी जाग गया था लेकिन अभी बिस्तर पर ही लेटा हुआ था। टीवी का रिमोट देखने के लिए उसने नजर दौड़ाई तो उसकी नजर स्टूल पर रखे एक बड़े एनवेलप पर पडी। एनवेलप खोलकर देखने लगा तो सामने तन्नू की ब्लड टेस्ट और अल्ट्रासाउंड रिपोर्ट्स थी और क्लिनिक का ओ पी डी कार्ड जिसपर प्रेगनेंसी कनफर्म्ड और " फीटस एज एट वीक्स लिखा था "।

विनय सोचने लगा ....एट वीक्स........यानी दो महीने की प्रेगनेंसी ......दो मही........ने ....

लेकिन जहाँ तक मुझे याद है यह तो महीने का आखिरी चल रहा है। इस महीने की बात छोड़े तो पिछले महीने और उससे भी पंद्रह दिन पहले तो चीन के लगातार ट्रिप्स चल रहे थे और महज पांच से छै दिन

मुश्किल से घर पर रहा और शायद उस दौरान भी कंपनी के काम की भागदौड़ इतनी थी की तन्नू और मेरे बीच कुछ हुआ ही नहीं था। तो फिर आठ हफ्ते की प्रेगनेंसी कैसे हो सकती है?

विनय का दिमाग झनझनाने लगा और उसकी आँखों के आगे अँधेरा छा गया। उस समय तो उसने कुछ भी कहना मुनासिब नहीं समझा और चुप चाप रिपोर्ट्स उठाकर अपने ब्रीफ़केस में डाल ली। तन्नू के निकलते ही फटाफट तैयार हो बिना ब्रेकफास्ट किये ही ब्रीफ़केस उठा ऑफिस की और चला गया। ऑफिस पहुंचकर काफी देर सोचता रहा फिर समय मिलते ही नजदीक ही गायनी स्पेशलिस्ट के पास पहुँच गया। एक छोटे प्राइवेट क्लिनिक पर गया जिससे डॉक्टर कुछ ज्यादा फीस के लालच में उसकी उलझन का समाधान कर दे। डॉक्टर को तन्नू की रिपोर्ट्स दिखा विनय बोलै कि यह मेरी पत्नी की रिपोर्ट्स है। कृपया इसमें जो भी लिखा है मुझे विस्तार से समझा दें जिससे मैं उसकी सही तौर पर देखभाल कर सकूं। डॉक्टर रिपोर्ट्स देखते ही बता देती है कि तन्नू दो माह से गर्भवती है।

डॉक्टर साब, मैं जानना चाहता हूँ कि अगर कंसीव होता है तो कब पता चल जाता है कि प्रेगनेंसी है।

विनय थोड़ा परेशान सा दुविधा में सवाल पूछता है ....

देखिये विनय जी, यदि आज आप दोनों मिले और बच्चा ठहर गया तो पीरियड्स की तारीख के पांच से सात दिन ऊपर होते ही कन्फर्म हो जाता है। और बच्चा ठहरने का भी समय होता है यानी पिछले महीने के पीरियड्स और आने वाले पीरियड्स की डेट्स के बिलकुल बीच के ३-४ दिन अर्थात पीरियड्स से पहले दिन से चौदहवे दिन से अठारहवे

दिन के बीच कभी भी प्रेगनेंसी हो सकती है। यानी चौदहवे दिन से अठारहवे दिन तक। यह जानने के लिए फॉलिकल स्टडी जैसा टेस्ट भी होता है।

विनय को अपने सभी सवालों का जवाब मिल गया था फिर भी डॉक्टर के फीस चुकता कर वह वापिस ऑफिस के कमरे में बैठ तारीखों का जोड़ तोड़ करने लगा और अंततः नतीजा यह निकला के बच्चा किसी भी सूरत में उसका नहीं है। विनय का दिमाग चकराने लगा और जहन में बार बार सवाल उठता रहा कि अगर मैं नहीं तो फिर कौन ? लेकिन जवाब नहीं मिला। थका हारा और मन में नफरत और क्रोध के भाव लिए विनय जैसे ही घर में दाखिल हुआ तन्नू से सामना हो गया। बिना कोई भूमिका बांधे उसने सीधे सीधे तन्नू पर सवाल दागा .....

तन्नू तुम्हारी कोख में पल रहा बच्चा मेरा नहीं है यह मैं जानता हूँ। अब मैं सिर्फ यह जानना चाहता हूँ कि इसका बाप कौन है ? मुझे उलझाने की कोशिश करना बेकार है क्योंकि मैं डॉक्टर के पास जाकर सब कुछ क्लियर कर आया हूँ।

मुझे जवाब दो ...।

विनय जोर से चिल्लाया ....

तन्नू एक दम दम साधे खड़ी रही और कुछ न बोली। क्या बोलती ....?

विनय के बहुत चिल्लाने पर भी उसका मुँह न खुला।

हारकर विनय अपने कमरे में चला गया और अंदर से कुंडी लगा ली।

तन्नू घबरा गयी कि कुछ अनहोनी न हो जाए लेकिन वो लाचार महसूस कर रही थी। विनय दरवाजा खोलो ...प्लीज दरवाजा खोलो विनय .....मुझे माफ़ कर दो ....लेकिन सोचो गलती सिर्फ मेरी ही तो नहीं, हम दोनों ही तो पैसे के लालच में भटक गए थे। दरवाजा खोलो विनय .....प्लीज़।
तन्नू बेतहाशा रो रही थी लेकिन विनय ने दरवाजा न खोला।

विनय जमीन पर दिवार के सहारे सर टिका बैठा था......उसे तन्नू की आवाजे नहीं सुनाई दे रही थी ....उसका दिमाग तो भूतकाल में कुछ खोजने की कोशिश कर रहा था ....लेकिन उसे अँधेरे के सिवा कुछ नहीं दिख रहा था। उसका दिमाग फटने को हो रहा था ......वह दरवाजा खोल सीधे घर से बाहर निकल गया और चलते चलते समुद्र के किनारे पहुँच गया। विशाल समुद्र और उसकी लहरों को देख वो उसकी अपने ह्रदय से तुलना करने लगा। उसके दिल में भी ऐसे ही शोर था, इससे कही हज़ार गुना ज्यादा। घंटों यूँ ही बैठा सोचता रहा कि मेरे साथ ऐसा क्यों हुआ ? तन्नू की बेवफाई उससे बर्दाश्त नहीं हो रही थी। खुद से सवाल करते करते थक गया लेकिन कोई जवाब नहीं मिला।

विनय को जवाब मिलता भी कैसे ? जो वो खोजना चाह रहा था वो तो वो देखना ही नहीं चाहता था इस बात से इंकार नहीं की तन्नू ने अपने चरित्र पर दाग लगाया था और वो भी जान बूझकर। कितना भी रोये और किस्मत को कोसे लेकिन हकीकत यही थी कि धन दौलत पाने का बहुत ही आसान रास्ता जिसे वो समझ बैठी थी वो तो अंगारों से भरी डगर थी। जहाँ हर कदम पर जख्मी होना तय था। लेकिन विनय को भी तो दोष मुक्त नहीं कहा जा सकता। पचास प्रतिशत की

पार्टनरशिप के बदले उसने भी तो पहली दफा तन्नू को कुंवर की बाहों में नाचने की इजाजत दी थी। और वो खुद भी तो शूबी की तरफ वासनात्मक प्रवृत्ति लिए आसक्त हो रहा था....एक ही कमरे में और एक दूसरे के सामने ही। और इस बेवफाई की शुरुआत तो वो बहुत पहले ही कर चुका था जब मुंबई ट्रेनिंग के लिए आया था। बस फर्क इतना ही तो है की पुरुष होने के नाते बेवफाई के छींटे उसके दामन को बदरंग नहीं कर पाए और तन्नू के दामन को कालिख में डुबो गए। गलत तो दोनों ही थे।

कौवा चला हंस की चाल और अपनी भी चाल भूल गया। यहाँ कौन कौवा था और कौन हंस यह बहस का मुद्दा नहीं है लेकिन वैवाहिक जीवन की उपेक्षा कर आधुनिकता और स्वतंत्रता के नाम पर गर्त में जीने वाले लोगों की नक़ल कर खुद भी नर्क के भोगी हो जाएँ तो दोष तो अपना ही है न। ऐसे में जानवर और इंसान के बीच का फर्क ही ख़तम हो जाता है। मेरी नजर में तो ऐसे लोग पशु से भी गए गुजरे होते हैं जो समाज में इज्जत और नाम को केवल पैसे और स्टेटस से जोड़ते हैं। पैसा ही अगर समाज में इज्जत दिला सकता तो वेश्यावृत्ति चाहे उसमे पुरुष लिप्त हो या औरते सभी सम्मानीय व्यक्ति होते। और आधुनिकता का अर्थ अगर केवल वासनात्मकता और बेहयाई से देह का नंगापन है तो ऐसी आधुनिकता तो पतन का "फ़ास्ट ट्रैक है न कि उन्नति का।

विनय अपने दिमाग पर काबू नहीं कर पा रहा था। जाने किसके वशीभूत हो समुन्द्र की तरफ बढ़ता ही चला गया और एक बड़ी सी लहर के साथ समुन्द्र की गोद में समा गया। इधर रोती बिलखती

तन्नू को कोई रास्ता नजर नहीं आ रहा था। एक कागज़ पर सिर्फ इतना ही लिख पायी कि ...

"मेरी गलती के लिए मुझे माफ़ कर दो विनय..... मैं तुम्हारे काबिल नहीं थी........मुझे भूल जाना ।

" अभागन तन्नू "

और टॉयलेट में रखी टॉयलेट क्लीनर की बोतल पूरी पी गयी। नौकर को तब पता चला जब उसके कमरे की सफाई करने आया लेकिन तब तक उसके प्राण पखेरू उड़ चुके थे।

इन दोनों की तो जीवन गाथा ख़त्म हो गयी लेकिन शूबी और कुंवर कैसे बच सकते है समय के इस कोप से ? शूबी कभी न जान पाई कि ऐसा क्या हुआ जिसकी वजह से विनय और तन्नू मौत की गोद में जा बैठे। कुंवर की करतूत का उसे पता नहीं चल पाया। अगर पता चल जाता तो शायद जीवन के प्रति उसका नजरिया भी बदल जाता। लेकिन इन दोनों की मौत ने कहीं न कहीं कुंवर को अंदर तक झकझोर दिया था। बेइंतेहा मतलबपरस्त और रिश्तों को खेल समझने वाला आज खुद अंदर तक टूट गया था। एक दिन अचानक कुंवर सब कुछ छोड़ छाड़ कर न जाने कहाँ लापता हो गया। बहुत खोजा पुलिस और घरवालों ने लेकिन कोई सुराग नहीं मिला। माता पिता का अंतिम सहारा चला गया। आगे कोई वारिस भी न था जो बेपनाह संपत्ति और बूढ़े माँ बाप को संभालता। शूबी हैरान परेशान सी अपने कमरे में बंद रहती और आज तक जो नशा वो मनोरंजन के लिए करती थी आज उसकी जिंदगी गुजारने का अंतिम सहारा बन गया था।

आधुनिकता का ढिंढोरा पीटने वाले भी किस्मत कि इस मार को झेल न पाए। अनेकों गुनाह करने पर भी मौत के काले सायें की घुटन

बर्दाश्त न हुई। लेकिन शायद ऐसी परम्पराओं का समर्थन करने वालों को जीवन की नयी दिशा मिल जाए।